KB269771

마음을 열어주는 120가지 지혜

마음이 따뜻한 사람들의 이야기
마음을 열어주는 120가지 지혜

엮은이 | 배명식
펴낸이 | 임종대
펴낸곳 | 미래문화사

찍은 날 | 2002년 9월 9일
펴낸 날 | 2002년 9월 16일
5쇄 | 2003년 1월 25일
개정 1쇄 | 2004년 8월 17일

등록 번호 | 제3-44호
등록 일자 | 1976년 10월 19일
주소 | 서울시 용산구 효창동 5-421
전화 | 715-4507/ 713-6647
팩시밀리 | 713-4805
E-mail | miraebooks@korea.com
        mirae715@hanmail.net

정가 | 9,000원

마음을 열어주는 120가지 지혜

배명식 엮은이

미래문화사

《마음을 열어 주는 120가지 지혜》는 초여름의 싱그러움처럼 푸르게 다가오는 한 줄기 바람이다.

우리는 웃는 얼굴과 긍정적인 사고만 갖추고 있어도 많은 이들로부터 호감을 받을 수 있다. 뿐만 아니라 살아가는 처세 또한 원활해질 것이다.

세계화니, 인터넷이니 하면서 모두가 문 밖으로, 나라 밖으로 향하고 있다. 그러나 떠들썩한 외형에 비해 인간의 마음은 점점 더 메마르고 좁아지며 이기적으로 치닫고 있다. 열린 세계를 외치면서 정작 마음의 문은 닫아버린다면 앞뒤가 맞지 않는것 아닌가!

　그래서 필자는 우리들의 닫힌 문을 열어 주기에 충분한 감동이 있고, 지혜의 샘이 있어 목마른 자의 목을 축여 주기에 도움이 될 이 책을 엮는다.
　'내가 좋아야 남도 좋다'는 말처럼 각자 삶의 템포를 한 박자씩 늦추고 뒤돌아보는 마음으로 이 책을 읽는다면 정신과 마음에 더없는 양식이 될 것이다.
　이 책의 제목처럼 각자가 마음의 문을 열어야 타인과 하나가 되고, 우주 만물과 하나가 되고, 나아가서는 세계와 하나가 될 수 있다.

《마음을 열어 주는 120가지 지혜》에는 현대문명의 소용돌이에 휘말리며 하루하루를 살아가는 우리네 삶을 돌이켜 보게 하고, 마음 가짐을 바로 세우게 하는데 도움이 되는 내용이 있는가 하면, 푸석이는 낙엽처럼 메마른 정서를 따뜻하게 해주고, 인간미를 불어넣어 주는 내용도 있다.

또 단편적 사고思考만으로 사는 사람들에게는 삶을 풍요롭게 해주는 신선한 이야기도 있고, 부정부패에 휩쓸려 사는 이 시대에 경종을 울리는 가르침도 있다.

이 책은 마음을 정화하여 안정을 찾고자 하는 사람들과, 인간미를 갖추고 지혜롭게 살아가고자 하는 이들에게 좋은 선물이 되리라 믿는다.

배꽃 피고 지는 안성에서
배명식

차례

제1부

마음을 열어 주는 감동적인 이야기

사람은 사랑으로 산다 | 1990 | 변형6F | 수채+크레파스

초원의 빛

– 워즈워드 William WordWorth

여기 글씨의 먹빛이 희미해짐에 따라
그대 사랑하는 마음도 희미해진다면
여기 글씨의 먹빛이 마름하는 날
나 그대를 잊을 수 있을 것입니다.

초원의 빛이여!
꽃의 영광이여!

그것이 돌아오지 않음을 서러워하지 말아요.
그 속에 간직된 오묘한 힘을 찾으리니.
초원의 빛이여! 그 빛이 빛날 때
그 때 찬란한 영광의 빛을 얻으소서.

1770~1850. 영국 북부 호수 지방인 코커마우드에서 출생하여 캠
브리지 대학을 졸업. 1813년에는 정부 관직을 얻었으며, 1943년
에는 계관시인이 되었다. 그의 시집(초판 1708, 개정판 1800)의
서문은 고전주의에 대한 낭만주의 선언으로 유명하다.

워즈워드의 자연은 있는 그대로의 자연이 아니라 눈에 보이지 않
는 상상력에 의해 환상으로 바뀐 것, 즉 인공적인 자연이라고 한
다. 이 시는 영화 제목으로 해서 더 유명해졌다.

내가 좋아야 남도 좋다

어느 노인이 사는 마을로 두 사람이 이사를 왔다.
그중 한 사람이 노인에게 물었다.
"이 마을에는 어떤 사람들이 살고 있습니까?"
노인이 되물었다.
"당신이 이사 오기 전에 살았던 마을에는 어떤 사람들
이 살고 있었습니까?"
"예, 참 좋은 사람들이었습니다. 모두들 무척 친절하
고 다정했습니다."
"아, 그렇다면 당신은 이 마을에서도 역시 좋은 사람

들을 만나게 될 것입니다."

이사 온 또 다른 사람이 똑같이 물었다. 노인은 또다시 되물었다.

"예, 세상에서 제일 나쁜 사람들만 모아 놓은 아주 고약한 동네였습니다. 내 평생에 그렇게 서로 다투고 욕하는 사람들은 처음 보았습니다. 사이좋게 지내는 사람은 하나도 없었습니다."

노인이 역시 조용히 말했다.

"아, 그렇다면 당신은 이 마을에서도 역시 똑같이 나쁜 사람들을 만나게 될 것입니다."

마음속에 악함을 지니고 말하거나 행동하면 죄와 괴로움은
저절로 따라온다. 마치 수레바퀴 뒤에 자국이 따르듯이…… ─법구경

아들 교육을 위해 돼지를 잡은 증자

증자의 아내가 시장에 가려 하자 아들이 따라가겠다고 떼를 쓰며 울어댔다. 그러자 아내가 달랬다.

"내가 장에 갔다와서 집에 있는 돼지를 잡아 주마."

그런데 아내는 시장에서 돌아와서도 돼지 잡을 생각을 하지 않으므로 증자가 돼지우리로 들어갔다.

증자의 아내가 말렸다.

"급한 김에 그냥 말한 거란 말이예요."

증자가 조용히 설명했다.

"아이는 부모를 따라 배우고 행동하는 것이오. 지금 당신이 아이를 속이는 것은 그 아이

에게 속이는 방법을 가르치는 것이오. 이건 좋은 교육이
못 되오.”
　말을 마친 증자는 돼지를 잡아 아들이 먹도록 구워 주
고, 삶아 주었다.

빌헬름 텔과 사과

오스트리아가 스위스를 지배할 때, 총독 게슬러는 포악하기로 유명했다. 스위스 사람들은 그의 이름만 들어도 소름이 끼치고 솜털이 돋았다.

게슬러의 횡포는 갈수록 심해져서 공원 한복판 나무에 자기의 모자를 걸어 놓고 지나가는 사람마다 절을 시켰다. 만약 절을 하지 않는 사람에게는 그 자리에서 형벌을 가했다.

때마침 스위스에서 제일 가는 명궁수 빌헬름 텔이 어린 아들과 그곳을 지나가게 되었다.

텔은 자존심이 무척 강해서 게슬러의 모자에 절을 하지 않았다. 그러자 게슬러의 부하들이 텔을 꽁꽁 묶어 게슬러 앞으로 끌고 갔다.

게슬러는 전부터 텔을 위험

인물이라고 생각하고 있던 터라 속으로 쾌재를 불렀다.

"네 놈이 내 모자에 절을 하지 않았다고? 건방지기 짝이 없구나."

"죽으면 죽었지, 그 따위 모자에는 절을 할 수 없소."

"그래? 그렇다면 네 놈에겐 다른 벌을 내려야겠군."

게슬러는 음흉한 미소를 지었다.

"네 아들의 머리 위에 사과를 올려놓을 테니 명궁수답게 화살로 그것을 맞혀라. 알겠느냐?"

너무도 끔찍한 벌이었다. 만일 조금이라도 실수하면 아들의 생명이 위험하게 되었다.

저쪽에서 어린 아들이 머리에 사과를 얹은 채 아버지 텔을 보고 생글생글 웃고 있었다.

텔은 입술을 깨물고 심호흡을 하고 나서 조심스럽게 화살을 걸고, 시위를 당겼다.

마침내 텔의 화살이 바람을 가르고 날아갔다.

"야! 빌헬름 텔, 만세! 빌헬름 텔, 만세!"

구경꾼들이 일제히 환호성을 질렀다. 텔은 명궁수답게 아들 머리 위의 사과를 정통으로 꿰뚫었다. 그 광경을 본 게슬러는 그만 입이 딱 벌어졌다.

그런데 텔이 돌아섰을 때, 그의 겨드랑이에 숨겨 두었던 화살 하나가 뚝 떨어졌다. 게슬러가 소리쳤다.

"멈추어라! 그건 웬 화살이냐?"

"몰라서 묻소? 내가 만일 사과를 맞히지 못했더라면 이 화살은 당신의 심장에 박혔을 거요."

텔은 조금도 두려워하지 않고 말했다.

게슬러는 겁에 질려 얼굴이 새파래졌다.

"뭐, 뭐라구? 저, 저놈을 당장 체포하여라!"

얼마 후, 텔을 태운 배가 감옥으로 가기 위해 강을 건너기 시작했다. 그런데 갑자기 거센 폭풍우가 몰아쳤다. 어마어마한 물살이 금방이라도 배를 삼킬 기세였다.

게슬러와 그의 부하들은 쩔쩔맸다. 게슬러는 할 수 없이 텔을 풀어 주며 배를 조정해 달라고 부탁했다.

텔은 익숙한 솜씨로 배를 안전하게 뭍에 댔다.

그 후로 게슬러는 텔의 얼굴을 볼 수 없었다.

정의는 말이 없고, 보이지도 않지만,
그대가 잠자고, 걸어가며, 누워 있는 모습을 지켜본다.
정의는 그대의 진로를 가로지르기도 하고, 때를 늦추기도 하지만
끊임없이 그대를 따라 다닌다. ―아에스킬루스

꺼낼 수 없는 마음

한 수도자가 말만 꺼냈다 하면 이렇게 말했다.

"사람은 마음을 바로 먹어야 해."

이 말을 귀가 아프게 듣던 마음씨가 좋지 못한 청년이 있었다. 그는 좋지 않은 환경에서 자란 탓으로 바른말

듣기를 싫어했다. 그리고 남의 노력을 대가 없이 가져가는 도둑질을 일삼았다.

그날도 어느 집을 털까 하고 망설이다가 문득 수도자 생각이 떠올랐다. 그는 늘 말끔하게 차려 입고 다니는 수도자에게 틀림없이 돈푼깨나 있을 거라고 생각했다. 그래서 복면을 하고 수도자가 자는 방으로 살금살금 기어 들어갔다.

그런데 아무리 뒤져 봐도 돈이 될만한 것이 없자 수도

자를 깨웠다.

"이보시오, 있는 돈을 다 내놓으시오."

깜짝 놀라 일어난 수도자가 말했다.

"허허, 미안하네. 수도자에게 뭐가 있겠나?"

"끝까지 버티면 이 칼로 당신의 가슴을 째고 당신이 늘 바로 먹으라고 하는 마음이라도 꺼내 가겠소."

"여보게, 저 창밖에 복숭아 나무가 보이는가?"

"그래, 보이오만……."

"저 복숭아 나무에도 봄이 되면 꽃이 피겠지. 그러나 지금 베어 그 속을 쪼개 보면 꽃이 있을까?"

"무슨 수작이오. 나무 속에 무슨 꽃이 있겠소?"

"바로 그것이네. 지금 내 가슴을 쪼개고 그 속에 들어 있는 마음을 꺼내 간다고 그러는 데, 안타깝게도 내 마음도 저 복숭아 나무의 꽃처럼 지금 꺼내 볼 수 없다네."

도둑은 수도자를 위아래로 훑어 보다가 조용히 물러났다.

내 기도는 아빠가 들어야

조니의 기도소리가 방문 밖까지 들렸다.

"하나님, 아빠가 제게 자전거를 사주도록 해주세요."

창문 밖에서 일하고 있던 할머니가 다가가서 물었다.

"조니야, 왜 그렇게 큰소리로 기도하니? 하나님은 귀먹지 않으셨단다."

"저도 알아요. 그렇지만 내 기도는 아빠가 들어야 하거든요."

당신의 가슴 속에 당신 운명의 별이 있다. —실러

왕을 깨우친 농부의 아내

전쟁에서 패하고 산속을 헤매던 왕이 어느 나무꾼의 집에 들어섰다. 배가 몹시 고픈 왕은 나무꾼의 아내에게 요깃거리를 부탁했다. 마침 빵을 굽고 있던 나무꾼의 아내는 우유를 짜 올 동안 불을 지피고 있으라고 했다.

왕은 불을 지피다가 잠시 전쟁에 대한 상념에 잠겼다.

그때 갑자기 나무꾼 아내의 따가운 목소리가 들려 왔다.

“아이고 맙소사, 이런 것 하나도 제대로 못하시오? 저리 비키시오!”

왕이 상념에 잠긴 사이에 빵이 다 타버렸던 것이다.

이때 나무꾼이 들어와 그가 왕임을 알아보고는 무릎을 꿇고 아

내의 무례함에 용서를 빌었다.

　왕이 조용히 말했다.

　"빵을 지키라고 했는데 그 책임을 다하지 못했으니 야
단맞는 게 당연하네. 아내에겐 잘못이 없으니 너무 나무
라지 말게."

내 것과 하나님 것

천주교 신부와 기독교 목사, 그리고 유대교의 랍비, 세 사람이 모여 하나님께 드리는 헌금에 대해 이야기하고 있었다. 먼저 천주교 신부가 제안했다.

"하나님께 얼마만큼을 바칠 것인가에 대해 좋은 방법이 있습니다. 저는 먼저 땅에 줄을 긋고 제가 가진 돈 전부를 공중으로 던집니다. 그리고 줄 오른편에 떨어진 돈은 하나님께 바치고, 왼편에 떨어진 돈은 제가 갖습니다."

이 말을 듣고 있던 기독교 목사가 말했다.

"그게 썩 좋은 방법은 못 되는데요. 저

는 땅에 작은 원을 그려 놓고 돈을 공중에 던지죠. 그리고 원 안으로 떨어진 돈은 하나님의 소유이고, 원 바깥에 떨어진 것은 제것으로 간주합니다.”

듣고 있던 유대교의 랍비가 돌아서서 숨을 한 번 크게 내쉬고는 말했다.

“저는 제가 가진 모든 것을 다 하나님께 바치겠습니다.”

“거참, 그만 웃기시오. 뭐? 모든 걸 다 바친다고?”

“그렇소!”

랍비는 목에 힘을 주어 말했다.

“저는 하나님을 향해 나의 돈 전부를 던진 후, 땅에 떨어진 것은 제가 갖고 공중에 머무는 돈은 모두 하나님께 바치겠습니다.”

논밭은 잡초 때문에 손해를 보고, 사람은 욕심 때문에 손해를 본다.
－채근담

지옥에서의 휴식

　허구한날 못된 짓만 골라서 하던 한 남자가 죽어서 저
승으로 갔다. 그는 당연히 지옥으로 가게 되었다. 지옥
사자는 크게 선심을 써서 그 남자에게 선택의 기회를 주
었다.

　"지금부터 한 군데씩 지옥을 보여줄 테니, 네 마음에
드는 곳을 골라잡도록 하라."

　지옥 사자가 첫번째 보여준 곳은 불지옥이었다. 불길
이 활활 치솟는 용광로 안에서 사람들이 뜨겁다고 몸부
림치고 있었다. 살갗이 불에 그
을려 다 벗어지고, 타는 냄새가
코끝을 찔렀다.

　"사람이 지은 죄를 불로 다스
리는 곳이다. 이 불지옥의 불길
은 영원히 꺼지지 않으며, 일단

여기에 들어가면 영원히 뜨거운 불길 속에서 살아야 한다.”

소름 끼치는 장면을 보고 난 남자가 겁에 질려 말했다.

“여긴 싫습니다.”

두 번째 지옥으로 갔다.

“여긴 지은 죄를 아픔으로 다스리는 철지옥이다.”

철지옥에 들어간 사람들은 뾰족뾰족하게 솟은 수많은 못에 찔려 피를 철철 흘리고 있었다. 그들은 피가 멈출 만하면 다시 못 위를 뒹굴어야 했다.

“여기도 싫습니다.”

지옥 사자는 마지막 지옥으로 데리고 갔다.

“여긴 지은 죄를 냄새로 다스리는 곳이다.”

세 번째 지옥은 똥바다였다. 똥이 가득 차 있는 곳에서 사람들이 목만 내놓고 허우적거리고 있었다.

그는 속으로 쾌재를 불렀다. 그는 축농증에 걸려 냄새를 거의 못 맡기 때문에 똥바다를 택하기로 했다.

“여기가 좋겠습니다.”

그런데 말이 끝나자마자 큰 구령소리가 들렸다.

"휴식 끝! 전원 잠수!"

지옥은 평화와 안식이 결코 살 수 없는 슬프고 우울한 그늘의 땅이며, 모든 곳에 다 있는 희망이 유일하게 없는 곳이다. —밀턴

경제를 논하면 아이큐 80

아인슈타인 박사가 죽어서 천당에 갔다. 이제부터는 그곳에서 살아야 했기 때문에 보다 즐거운 생활을 위해서는 무엇보다 교우 관계가 중요하다고 생각했다. 그는 친구를 사귀기 전에 어떤 사람들이 있는지 미리 알아보려고 탐문에 나섰다.

제일 먼저 만난 사람에게 아인슈타인이 물었다.

"당신의 아이큐는 얼마나 됩니까?"

그 사람이 말했다.

"제 아이큐는 180입니다."

아인슈타인이 반색을 하며 정겹게 손을 내밀었다.

"정말 반갑습니다. 당신과는 저의 상대성 이론에 대해 진지하게 토론을 할 수 있겠군요."

아인슈타인은 두 번째로 만난 사람에게 또 아이큐가 얼마냐고 물었다.

"130입니다."

그러자 아인슈타인이 조금 실망하는 눈빛으로 말했다.

"국제정세에 대해서는 이야기를 나눌 수 있겠군요."

세 번째 만난 사람에게 물었다.

"제 아이큐는 80입니다."

그러자 아인슈타인이 곤혹스런 표정을 한동안 감추지 못하다가 넌지시 말했다.

"당신과는 경제에 대해 이야기하면 되겠네요."

학문이란 옛 사람이 이미 깨달은 것에서
불충분한 진실을 찾아내어 계승하는 일이다. ─괴테

강남의 귤도 강북에 심으면 탱자

제齊나라의 안자安子는 재상으로 이웃 나라에까지 그 이름이 높았다.

안자가 왕의 명을 받고 형刑나라에 갔을 때의 일이다.

형나라 왕은 안자의 소문을 들어 알고 있었던 터라, 어떻게 하면 안자를 골려줄까, 신하들과 의논했다.

"좋은 수가 있습니다. 폐하께옵서 안자와 같이 계실 때 제가 죄인 하나를 끌고 들어오겠습니다. 그 다음에는 속닥속닥…… 아시겠지요?"

"거참, 괜찮은 계략이군."

안자가 형나라에 도착하여 형나라 왕과 같이 이야기를 하고 있을 때 한 죄인이 포승에 결박당한 게 끌려가는 모습이 보였다.

"그자가 누구냐?"

왕이 물었다.

“제나라 사람이올시다.”

“무슨 죄를 지었느냐?”

“도둑질을 했습니다.”

형나라 왕은 짐짓 놀라는 척하면서 죄인과 안자의 얼굴을 번갈아 보았다. 그리고나서 안자에게 물었다.

“제나라 사람도 도둑질을 하는가?”

안자는 빙그레 웃으며 말했다.

“강남에 귤나무가 있는데 제나라 임금이 그것을 강북에다 심게 했더니, 탱자나무로 변해 버렸습니다. 제나라 사람이 제나라에 있을 땐 도둑질을 하지 않는데 형나라에 오면 도둑질을 하게 되니, 형나라의 풍토가 그렇게 만드는가 봅니다.”

형나라 왕은 안자를 곯려주려다가 도리어 보기 좋게 당하고 말았다.

얼마 있다가 안자가 또 초나라에 사신으로 가게 되었다. 초나라에서도 안자를 곯려주려고 큰 문 옆에 조그만 문을 만들어 놓고 안자에게 그 문으로 들어가라고 했다.

안자가 말했다.

“개의 나라에 가면 개구멍으로 드나드는 것이 예의일 것이나, 나는 개의 나라에 온 것이 아니고 초나라에 온 것이니, 어찌 개구멍으로 들어갈 수 있겠는가?”

초나라 신하는 허둥지둥 큰 문을 열고 안내했다.

초나라 왕이 안자를 보자마자 말했다.

“제나라에는 인물이 없는 모양이군.”

"예! 제나라의 서울은 넓이가 3백여 정보나 되는 넓은 곳이며, 사람이 많아 팔을 벌리면 소맷자락이 천막을 친 것 같고, 땀을 뿌리면 비가 오는 것과 같습니다. 그런 곳인데 어찌 인물이 없을 수 있겠습니까?"

"그러면 어찌하여 그대와 같이 못생긴 사람을 사신으로 보냈단 말인가?"

"제나라에서는 외국에 사신을 보낼 때 슬기로운 왕이 있는 나라에는 슬기로운 사람을 보내고, 못난 왕이 있는 나라에는 못난 사람을 사신으로 보내옵니다. 저는 아주 못난 축이어서 초나라에 오게 된 것입니다."

초나라 왕은 아무 말도 못하고 얼굴만 붉으락푸르락했다.

양귀비와 양반지 | 2003 | 3F | 아크릴화

울어라, 바벨론 강가에서

– 바이런 George Gordon Byron

울어라, 바벨론 강가에서
그 사당은 무너졌고, 나라는 꿈이 되었다.
울어라, 깨어진 유대의 거문고를 위해.
애도하라 — 신의 땅에 이방인이 산다.

그들은 어디서 피 흐르는 발을 씻으랴.
시온의 노래는 어디서 다시금 들으랴.
아아, 어느 날 하늘 소리에 가슴 떨린
유대 노래가락이 기쁨을 실어 오랴

유랑의 발길과 슬픔의 마음 지닌 백성.
언제나 유랑에서 쉼을 얻으려 하는가.
비둘기는 둥지가 있고, 여우는 굴이 있고,
사람에겐 나라가 있으나, 그들에겐 무덤뿐이리.

1788~1824. 셸리, 키츠와 더불어 영국의 3대 낭만파 시인 중 한 명. 격렬한 성격의 소유자로 유명하다. 나면서부터 다리에 장애가 있었으나 우아한 얼굴 모습과 뛰어난 시의 재능을 지니고 있어 열렬하고 끊임없는 사랑을 받았다. 1824년, 미솔롱기에서 열병으로 다감한 생애를 마쳤다.

바이런의 시는 감미로운 리듬의 연애시와 비통하고 웅변적인 엘레지로 나뉘어지는데, 이 작품은 뒤의 시를 대표하는 작품이다. 이 시는 구약성서에 있는 이스라엘 민족의 바벨론 포로를 소재로 한 것이다.

경전 한 권에 얽힌 사연

수도에 전념하기 위해 깊은 산중으로 들어가 사는 수도자가 있었다. 그는 마침 자기가 원하던 경전을 구하게 되었다.

그는 밤늦게까지 경전을 읽고 나서 머리맡에 놓고 잤다. 그런데 자고 일어나 보니 생쥐가 들어와 경전을 갉아 먹어 버렸다.

"이런! 귀한 경전을……, 어떻게든 생쥐를 잡아야겠다."

수도자는 궁리 끝에 고양이를 구해왔다.

어린 고양이를 구해 놓고 보니 먹을 것이 필요했다. 그래서 고양이에게 젖을 먹여줄 양을 구했다. 그런데 양의 젖을 짜 고양이에게 먹이다 보니 고양이와 양을 기르는 데 많은 시간을 빼앗기게 되었다.

그래서 궁리한 끝에 심부름을 해줄 여인을 구했다.

여인을 구해 함께 생활하다
보니 밥 짓는 고생과 옷을
빨고 기워 입는 일도 덜
게 되었다.

그렇게 일 년이 지나
자 어느덧 여인이 아내가
되어 아들을 낳게 되었다.
이제 아내와 아들을 먹여 살려
야 하는 가장이 된 것이다. 그는 양식이 필요했으므로
농사를 짓기 위해 양을 팔아 소를 샀다. 소를 사니 외양
간이 필요해져 움막을 걷어치우고 외양간과 집을 지었
다. 그런데 이렇게 바쁘게 일을 하다보니 원래 자기가
원했던 수도는 엄두도 못냈다. 수도자는 자기 일을 조용
히 뒤돌아 보았다.

'어쩌다 일이 이 지경이 되었을까?'

그는 경전 한 권이 결국 이 많은 사건의 발단임을 깨
달았다. 그러나 이미 되돌릴 수 없는 지경에 이른 것을
알고 크게 후회했다.

무너진 담장과 도둑

어느 부잣집의 담장이 장맛비에 구멍이 크게 뚫렸다. 그러자 아들이 아버지에게 말했다.

"빨리 이 구멍을 막아야겠습니다. 그렇지 않으면 이 구멍으로 도둑이 들어와 우리집 물건을 훔쳐갈지도 모릅니다."

옆집에 사는 사람도 똑같이 말했다.

“담장을 빨리 손질하시지요. 그냥 두면 도둑이 들지도 모릅니다.”

그 말을 들은 그날 밤.

정말로 도둑이 들어와 헛간에 둔 물건을 모조리 훔쳐 가 버렸다.

부자는 이 일을 두고 아들이 앞일을 알아맞히는 능력이 있다고 크게 칭찬을 했다. 그런데 이웃집 사람에게는 그가 둑이 아닐까 하고 의심했다.

똑같은 말을 두 사람이 했는데, 아들은 선견지명이 있다고 칭찬하고, 옆집 사람은 의심을 했다.

이 세상에 절대평가란 없다. 다만 그것이 그에게 얼마나 가치로운가에 따라 달라진다. ―워너

바보라는 사실을 깨닫는 것이 지혜

제자가 스승에게 물었다.

"현명해지기 위해서는 어떻게 해야 합니까?"

스승이 대답했다.

"밖에 나가 서 있거라."

밖에는 비가 주룩주룩 내리고 있었다.

그는 밖으로 나가 퍼붓는 빗속에 서 있었다. 그의 옷은 흠뻑 젖었고, 옷 속으로 물이 슬금슬금 흘러내렸다. 잠시 후 그는 안으로 들어갔다.

스승이 물었다.

"무슨 일이 일어났는가? 그 곳에 있을 때 무슨 계시가 있었는가?"

"계시라구요? 저는 제가 바보 같다고 생각했을 뿐입니다."

"그것이 바로 계시다. 그것이 지혜의 시작인 것이야.

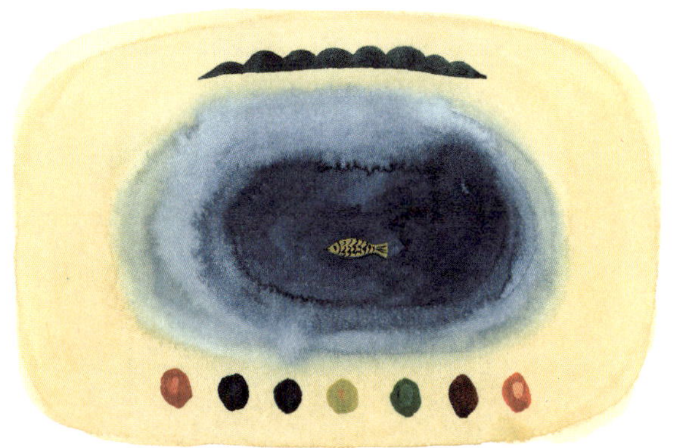

드디어 깨닫기 시작했구나. 네가 바보라는 사실을 알게
되었으니 이제 모든 일이 변하게 될 것이야."

지혜는 샘이다. 그 물을 마시면 마실수록
물은 점점 많아지고 계속 솟는다. —실레지우스

신하는 군주가 알고, 자식은 아비가 안다

춘추오패의 우두머리인 제나라 환공을 보필하던 관중이 늙어서 조정에 나가지 못하고 집에 쉬고 있자 환공이 몸소 찾아와서 말했다.

"혹시 그대에게 불행한 일이 생기기라도 하면 후임으로 누구에게 정치를 맡겨야 하겠소?"

"신은 이미 늙어 잘 모르겠습니다. 신하를 아는데는 군주만한 사람이 없고, 자식을 아는데는 그 아비만한 사람이 없다는 말이 있습니다. 주군의 뜻대로 하시옵소서."

"그러지 말고 그대의 의견을 말해 보시오. 어떻겠소, 그대의 친구인 포숙아鮑叔牙는?"

"글쎄올시다. 친구라는 것은 사정私情이고 정치는 공사公事

입니다. 사정을 고려하지 않는다면 그는 정치에는 맞지 않습니다. 사람됨이 너무 강직하고 오만하여 고삐 없는 말과 같습니다. 너무 강직하면 백성을 다스리는데 흉포하기 쉽고, 오만하면 민심을 잃게 됩니다. 그러므로 패자覇者를 보필하는데는 적임자가 못 됩니다."

"음, 그렇다면 수작竪勺은 어떠한가?"

"예, 그 사람도 아니 됩니다. 자신을 사랑하는 것은 인지상정입니다. 그런데 주군께서 여색을 좋아하시는 것을 알고 주군의 의심을 받지 않기 위하여 스스로 궁(宮, 남근을 잘라냄)하고서 궁궐에 들어온 자입니다. 자기를 사랑하지 않는 자가 어찌 주군을 경애할 수 있겠습니까?"

"그렇다면 위나라에 있는 공자, 방方은?"

"그도 안 됩니다. 주군께서는 지난 15년 동안 하루도 그를 잊지 못해 안타까워하셨습니다. 그런데 10일이면 찾아올 수 있는 거리인데도 한 번도 안부차 주군을 찾아오지 않았습니다. 부모를 소중히 여기지 않는 사람이 어찌 백성을 소중히 생각하겠습니까?"

"어허…… 그럼 역아易牙는 어떨까?"

"그도 역시 적임자가 못 됩니다. 주군께서 좋은 음식을 즐기신다고 하자, 자기 자식을 삶아 바친 사람이 아닙니까! 그는 자기 자식조차도 사랑하지 못한 자입니다."

"그렇다면 도대체 누가 좋단 말이오?"

"예, 역시 습붕蠟朋이 좋을 듯합니다."

환공은 관중의 말에 그 자
리에서는 그렇게 하기
로 수긍했으나, 나중
에 관중이 죽자 수작
을 재상으로 임명했
다. 그런데 그로부터
3년 뒤, 환공이 수렵차
남쪽으로 간 사이에 수작이
반란을 일으켜 환공을 시해했다.

고선지가 빛낸 고구려

고구려 사람 고선지는 중국 대륙에 고구려인의 기상과 명성을 떨친 사람이다. 그는 어릴 적부터 고구려인이라는 이유로 갖은 핍박을 받았지만 꿋꿋하게 그 정신을 지켜 나갔다.

하루는 어린 고선지가 길을 가고 있는데 한 무리의 당나라 아이들이 길을 막고 에워쌌다.

"야, 너 고구려 놈이지?"

대장격인 덩치 큰 아이가 고선지를 윽박질렀다.

"그래, 고구려 사람이다. 왜 그러니?"

"고구려 놈은 이 길을 통과할 수 없어."

"왜?"

"여기는 우리 당나라 땅이지 고구려 땅이 아니란 말야. 꼭 지나가고 싶으면 우리들에게 정중하게 절을 해."

"그렇게는 못하겠다."

고선지는 분하여 왈칵 눈물이 쏟아질 것만 같았다. 그러나 꾹 참으며 당당하게 맞섰다. 그가 당돌하게 버티자 한 아이가 제안을 했다.

"그럼, 내기를 하자. 씨름을 해서 네가 이기면 길을 비켜 주겠다."

"좋다. 고구려 사람은 그 누구도 두려워하지 않는다."

고선지의 말에 덩치 큰 아이가 씨익 웃었다. 고선지는 입술을 꼭 깨물며 눈꼬리를 치켜세워 그 아이를 노려보았다.

"아니, 요 쬐끄만 게, 겁도 없이 덤비겠다고?"

당나라 아이는 고선지를 깔보았다. 그도 그럴 것이 고선지의 키가 그 아이의 어깨 정도밖에 안 되었기 때문이었다.

고선지와 당나라 아이는 서로 허리를 꽉 움켜잡고 씨름 자세를 취했다. 고선지는 기합 소리를 내며 상대방의 다리를 들어 올리려고 안간힘을 썼다. 그러나 워낙 덩치가 커서 꿈쩍도 하지 않았다. 이번에는 당나라 아이가 고선지의 두 다리를 번쩍 들어 내동댕이쳤으나 고선지는 오뚝이처럼 벌떡 일어섰다.

"이것 봐라?!"

당나라 아이는 여러 번 고선지를 쓰러뜨리려고 애를 썼지만 번번이 실패했다. 이번에는 고선지가 유리한 자세가 되어 당나라 아이가 마악 쓰러지려고 할 때였다. 지켜보던 다른 아이가 달려들어 고선지의 다리를 걸어

넘어뜨렸다. 동시에 다른 아이들도 우르르 달려들어 고선지를 마구 짓밟았다.

"이 비겁한 놈들아!"

고선지는 주먹으로 코피를 닦으며 집으로 돌아왔다.

아버지가 깜짝 놀라 물었다.

"어떻게 된 거냐?"

"당나라 아이들이 고구려놈이라고 놀렸어요."

"뭐라고? 당장 회초리를 꺾어 오너라!"

아버지는 노발대발했다. 고선지는 고개를 푹 숙이고 밖으로 나가 회초리를 꺾어 가지고 왔다.

"이 아버지는 비록 당나라에 와서 벼슬을 하지만 당나라 사람에게 한 번도 얻어맞은 적이 없다. 그런데 네가 맞고 들어오다니……."

아버지는 고선지의 종아리를 사정없이 때렸다. 고선지는 아픔을 참으며 아버지에게 다짐했다.

"다시는 맞지 않겠습니다."

“그러려면 어떻게 해야 되겠느냐?”

“힘을 길러야겠습니다. 아버지, 제게 무예를 가르쳐 주십시오!”

고선지는 다음 날부터 열심히 무예를 배웠다.

그 후, 청년이 된 고선지는 아버지의 꿋꿋한 정신과 고구려의 기상으로 늠름한 무사가 되어, 가는 곳마다 많은 전공을 세우고 대장군이라는 큰 벼슬까지 얻었다.

영국의 역사학자 스타인은 고선지에 대해 이렇게 말했다.

“고선지는 나폴레옹의 알프스 정복보다도 더 위대한 일을 해낸 뛰어난 장군이다!”

마음은 부드러워야 하고, 의지는 굽혀지지 않아야 한다. ―롱펠로우

가려운 데는 자기가 안다

한 집의 가장인 아버지가 등이 몹시 가려웠다. 아들을 불러 긁게 했지만 가려운 데를 정확히 긁지 못했다.

다시 아내에게 긁게 했다. 여전히 가려운 데를 긁지 못했다. 그러자 성을 벌컥 냈다.

"제일 가까운 사람들이 가려운 곳 하나 제대로 찾아내지 못하느냐?"

그리고는 어깨를 구부리고 자기 손으로 가려운 데를 긁었다. 자기 몸의 가려운 곳은 누구보다 자신이 제일 잘 아는 법이다.

철공의 대가 쿨소

프랑스의 대통령 살시가 재직할 때에 파리의 한 부자가 크리스마스 파티를 열고 귀빈 서른 사람을 초대했다. 귀빈들은 대통령과 국무총리를 비롯하여 대법원장, 국회의장, 은행장, 대학 총장, 대실업가, 유명한 학자, 성직자 등이었다.

식사 시간이 되자 주인이 앉을 좌석을 정해 주었다. 그런데 수석에 앉은 이는 철공 기사 쿨소였다. 주인의 친구가 그것을 보고 이상히 여겨 주인에게 말했다.

“대통령이 참석한 이상 대통
령에게 최고 자리를 주는 것
이 옳지 않소?”
　그러자 주인이 대답했다.
　“아니요, 프랑스의 대통령
이 별세하면 대통령이 될 사람
은 얼마든지 있소. 그러나 철공
기술계에는 쿨소가 별세하면 그 자리에 앉을 사람이 아
무도 없소.”

진지한 사람은 진지함이 없는 곳에서 진지함을 찾아낸다. ―브루크스

황룡강의 새벽 | 2003 | 4F | 아크릴화

오필리어의 노래

– 셰익스피어 William Shakespear

당신이 정말로 사랑하는 사람을
찾아낼 수 있는 방법이 있지요.
누구나 똑같은 순례자의 차림이라
죽장에 파립 쓰고 날림 신발 신었지요.

그이는 죽었나요, 나의 사람아.
그이는 황천길로 떠나갔어요.
머리맡엔 잔디풀이 우거져 있고
발치에는 무거운 비석이 있지요.
그의 몸을 감은 수의壽衣 빛깔은
높은 산봉우리의 흰 눈과 같고,
눈물로 적셔진 조화 다발에
깊숙히 묻힌 채 파묻혔지요.

1564~1616. 시인·극작가. 영국의 스트라트포드에서 출생하였다. 가문의 몰락으로 고등교육을 받지 못하였으며, 혼인 후 런던으로 가서 극장의 콜보이, 배우보조 등의 잡역을 하다가 배우겸 극작가로 성공했다. 그는 인간 심리의 통찰에 해박한 지식을 가졌고, 근대 영어의 잠재력을 극대화 시켜 시극의 최고봉을 이루었다.

셰익스피어의 4대 비극 중 「햄릿」 제4막 제5장에서 미친 오필리어가 부르는 노래.

능률적으로 일하는 법

   나이가 지긋한 중년 남자와 젊은 청년이 한 팀이 되어 벌목 일을 하게 되었다.

   두 사람은 아침부터 부지런히 일을 했다.

   나이 많은 중년 벌목공은 지금까지 쭉 해오던 일이라 서두르지 않고 천천히 일을 했다. 그는 50분쯤 일하고 10분은 쉬어 가면서 했다. 그런데 젊은이는 힘이 넘쳐 쉬지 않고 계속해서 일했다.

   저녁이 되자 두 사람은 지금까지 베어낸 나무들을 비교해 보았다. 그런데 이상하게도 나이 많은 중년 벌목공이 벤 나무가 훨씬 더 많았다.

젊은이가 어찌 된 영문인지 몰라 묻자 중년 벌목공이
빙그레 웃으며 말했다.

"젊은이, 나는 일만 계속 하지 않고 얼마간 일하고 나
서 무디어진 도끼도 갈고, 피곤해진 몸도 잠깐씩 풀어가
면서 일했네. 소멸된 에너지를 충전해 가면서 일을 한
거지. 그러니까 힘도 덜 들고, 나무도 쉽게 벨 수 있었다
네."

구걸 음식 먹고 자랑하는 남편

한 남자가 집을 나갔다가 돌아올 때마다 곤드레만드레 취해서 돌아오곤 했다.

아내가 누구한테 대접을 받았느냐고 물으면, 그는 자랑스럽게 유명한 사람의 이름을 댔다.

아내가 이상하게 생각되어 다음 날, 몰래 서방의 뒤를 밟았다. 그런데 성 안을 다 지나도록 말을 건네는 사람이 없었다.

어느덧 성을 빠져 나왔는데도 그는 계속 걷기만 했다. 그러더니 교외의 공동묘지에 이르러 성묘하는 사람에게 가서 제사 지내고 남은 음식을 구걸해 먹는 것이었다.

미꾸리지국 먹고 용트림한다. −한국속담

죽순 나물과 대나무

어떤 사람이 오나라에 가서 죽순 나물을 대접받았다. 갖은 양념을 곁들인 그 나물은 굉장히 맛이 좋았다. 그래서 물었다.

"이것이 대체 무엇입니까?"

"대나무요."

그는 '대나무도 삶으면 이렇게 맛이 있구나'라고 생각하고 자기 나라에 돌아오기가 바쁘게 마룻바닥에 깔아 놓은 대나무를 한아름 뽑아 삶았다. 그런데 아무리 삶아도 부드러워지지 않았다.

그러자 오나라 쪽으로 눈을

흘기며 투덜거렸다.

"괘씸한 오나라 놈들 같으니……."

두 기독교 신자가 같은 좌석에 앉아 기차 여행을 하고 있었다. 점심 시간이 되자 그 중 한 사람이 도시락을 꺼내어 두 개의 샌드위치 중 하나를 우적우적 먹기 시작했다.

다른 한 사람은 점심을 준비하지 못해 그의 동료가 맛있게 먹는 모습을 배고픈 눈초리로 쳐다보고만 있었다.

처음의 그 신자는 두 번째 샌드위치를 먹기 시작했다. 배고픈 사람 앞에서 해도 너무하는 일이었다. 그래서 옆에서 구경하던 신자가 화를 누르면서 점잖게 말했다.

"나는 최근에 주님의 계명을 감명 깊게 읽은 적이 있습니다. 그중에 '네 이웃을 내 몸과 같이 사랑하라’ 는 말씀이 가슴에 와 닿더군요.”

“거 참 좋은 말씀입니다.”

그는 남은 샌드위치를 마저 입 속에 집어넣고는 말했다.

“나는 또 다른 성경말씀을 잘 알고 있습니다. ‘네 이웃의 것을 탐내지 말라’ 는 말씀입니다.”

가엾은 사람을 아끼는 동정은 가슴 속에 숨어 있다. —예이츠

갸륵한 청년 군밤장수

찬바람이 전깃줄을 윙윙 울리는 추운 겨울밤이었다.

가로등이 희미한 불빛을 뿌리는 골목길에서 손수레를 끌던 청년이 허름한 옷차림의 노인이 쓰러져 있는 것을 발견했다.

"할아버지, 어찌 된 일이세요?"

그러나 노인은 아무 대답이 없었다.

청년은 할아버지를 등에 업고 급히 병원으로 달려갔다. 그리곤 할아버지가 더듬더듬 일러준 대로 할아버지 집에 연락하고, 할아버지의 팔다리를 주물렀다. 할아버지가 따스한 시선으로 물었다.

"고맙네. 자네는 어디 사는 누군가?"

집이 어디냐고 묻는 말에 청년은 자신이 군밤장수라는 말만 했다.

할아버지가 기력을 회복한 뒤 청년을 찾았을 때 그는

없었다. 할아버지는 그
를 찾아 일대를 샅샅
이 돌아다녔다. 그러
나 아무리 찾아도 청
년을 찾을 수가 없었
다.

'꼭 찾아서 다소나마 사례를 해야 할 텐데…….'
생각다 못한 할아버지는 신문에 광고를 냈다.
'한 군밤장수 청년을 찾습니다. 시장 골목에 쓰러져
있는 노인을 구해 준 고마운 청년을.'
그러나 신문이 나가도 아무런 연락이 없었다.
청년은 노인을 돕던 그날 밤, 노인과 함께 병원에 간
사이 손수레를 도둑 맞았다. 그래서 새 손수레를 사기
위해 건설회사의 막노동판에서 일을 하다가 할아버지가
낸 광고를 보았다.
그는 작은 미소만 먹음었을 뿐 연락은 하지 않았다.

멍청이의 이불 맞추기

멍청이가 이불을 덮고 누워서 발을 가리니 머리가 밖
으로 나왔다.

'위가 짧다 이거지. 좋아! 그렇다면 방법이 있지.'

멍청이는 이불 아래 부분을 끊어서 위에다 달았다.

그리고 다시 잠자리에 들어 머리를 가렸더니 이번에
는 발이 드러났다.

'아래가 짧구나.
할 수 없지.'

멍청이는 다시
위의 것을 끊어다
아래에 붙였다.

그런 후에 또 발
을 가렸더니 다시
또 머리를 덮을 수

가 없었다. 그는 또다시 아래 부분을 끊어다 위에다 붙였다가 위의 것을 끊어다 아래에다 붙이기를 반복했다.

그러나 그의 이불은 여전히 발을 가리면 머리가 드러났고, 머리를 가리면 발이 드러났다.

'거 참, 이상하네. 왜 안 맞지?'

황룡강 | 2003 | 10F | 아크릴화

실락원(서시)

– 밀턴 John Milton

인류 최초의 불순종, 또한 금단의 나무 열매여,
그 너무나 기막힌 맛으로 해서
죽음과 더불어 온갖 슬픔 이 땅에 오게 되었나니
에덴을 잃자 이윽고 더욱 거룩한 한 어른 있어
우리를 돌이켜 주시고 또한 복된 자리를
다시금 찾게끔 하여 주셨나니
하늘에 있는 뮤즈여 노래하라.
그대 호렙산이나 시내산 은밀한 정상에서
저 목자의 영혼을 일 우시어
선민에게 처음으로 태초에 천지가
혼돈으로부터 어떻게 생겨났는가를
가르쳐 주시지 않으셨나이까.
아니, 또한 시온 언덕이 그리고 또한
성전 아주 가까이 흘러 내리고 있는
실로암 시냇물이 당신 마음에 드셨다면
이 몸 또한 당신에게 간청하오니
내 모험의 노래를 북돋아 주소서.
이오니아 산을 넘어서 높이 더 높이
날고자 하는 이 노래여니
이는 일찌기 노래에서나 또 글에서나 아직
누구나 감히 뜻하여 본 일조차 없는 바를 모색함이라.

– 시작부분

1608~1674. 런던 출생. 영국의 시인들 가운데 가장 교양있는 시인. 케임브리지 대학에 다닐 때, 「그리스도가 탄생하신 아침」을 써서 이름을 날렸다. 왕정 복고 후에 장님이 되면서 아내를 잃게 되고, 그와 같은 슬픔 가운데 불후의 명작 「실락원」을 썼다.

단테의 「신곡」과 더불어 불후의 종교 서사시로 일컬어지는 「실락원」은 전 12권, 1만여 행의 대장편으로 밀턴의 눈이 먼 뒤에 완성되었다. 20년에 걸쳐 구상하였으며 구약성서의 창세기에서 취재하였다.

믿음직한 목동 햄스

목동 햄스가 양들을 지키고 있을 때 사냥꾼 한 사람이 길을 잃고 찾아왔다.

"애야, 이 산을 빠져 나가려면 어디로 가야 하니?"

"여기는 길이 없습니다. 이리 오세요. 약도를 그려 드릴게요."

햄스는 마을로 가는 길을 그려 보여주었다. 그러나 사냥꾼은 어디가 어딘지 도무지 알 수가 없었다.

"애야, 그러지 말고 나를 이 산 아래까지만 데려다 주렴. 수고비는 후히 줄 테니."

"그것은 안 됩니다. 이 양들을 늑대들이 잡아먹으면 어쩌라구요."

"그건 염려 마라. 그리 되면 내가 다 갚아 줄게."

“그래도 안 됩니다.”

사냥꾼은 반짝반짝 빛이 나는 금돈을 보여주며 말했다.

“애야, 이 금돈을 줄 테니 꼭 좀 안내해 다오.”

그러나 햄스는 여전히 고개를 흔들며 말했다.

“그까짓 건 소용없어요. 저는 주인과 약속을 했습니다. 이 양을 잘 지키겠다고요.”

사냥꾼이 화를 내며 말했다.

“너 정말 말 안 들으면 이 총으로 쏘아 죽일 테다.”

그러면서 총부리를 가슴에 들이댔다. 그러나 햄스는 눈 하나 깜짝 않고 말했다.

“죽어도 할 수 없습니다. 내 목숨 하나 살자고 약속을 어길 수는 없습니다.”

이때에 숲 속에서 말발굽 소리가 나더니 수십 명의 사냥꾼들이 몰려나왔다.

“아! 왕자님! 찾느라고 얼마나 고생했는지 아십니까?”

햄스는 깜짝 놀랐다. 자기와 지금껏 이야기했던 사람이 그 나라에 둘도 없는 왕자였기 때문이다. 왕자는 햄스에게 말했다.

“너 참으로 믿을 만한 아이다. 다음에 또 만나자.”
　그 후, 햄스는 왕자의 부름을 받아 대궐에 들어가 살게
되었다. 그리고 마침내는 높은 관리가 되었다.

인정해 주는 것이 가장 큰 격려

헨리 포드가 젊었을 때의 이야기다.

자기가 새로 설계한 엔진에 대해서 에디슨의 고견을 듣고 싶었다. 그런데 에디슨 연구소의 기술자들은 미래의 자동차는 전기 자동차가 될 것이므로 별볼일 없는 거라며 대수롭지 않게 대했다.

며칠 후, 여럿이 식사를 하는 자리에서 포드는 옆사람을 붙잡고 자기의 엔진 이야기에 또 열을 올렸다.

그때 조금 떨어진 자리에서 에디슨이 그 설명을 듣고는 다가와 말했다.

"자네, 그 설계도를 한 번 더 그려 보게."

포드의 스케치가 완성되자 그 설계 도면을 꼼꼼히 들여다 본 에디슨이 말했다.

“바로 이거야, 포드 군! 자네
는 틀림없이 성공할 거야.”
　그는 어깨를 두드리며 격려해
주었다.
　포드는 에디슨의 그 말을 듣
고 용기를 얻어 새로운 자동차를 만들어 크게 흥행했다.
사업이 일약 확장 일로에 있게 되었을 때 포드는 그 때
의 일을 생각하고 ‘그 한 마디가 오늘의 나를 있게 했
다’라고 회상했다.
　만일 에디슨까지 장래에는 전기 자동차 시대가 될 테
니 희망이 없다고 했더라면 포드는 포기했을지도 모른
다. 자동차 왕 포드를 있게 한 것은 순전히 에디슨의 그
한 마디 격려였던 것이다.

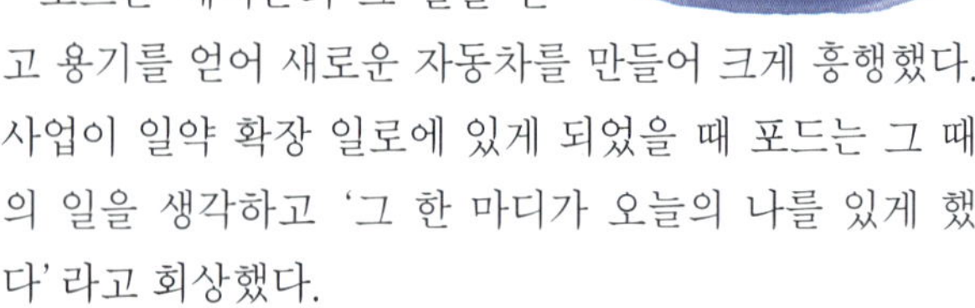

시체를 누가 사겠는가

유하涓河라는 큰 강물을 건너던 한 부자가 잘못하여 물에 빠져 죽었다. 그러자 어떤 사람이 그 시체를 건져 자기 집에 감추어 두었다.

시체를 건져다 놓은 사람이 있다는 소문을 들은 부잣집에서 사람을 보내 충분한 돈을 줄 테니 시체를 달라고 했다.

그러자 그 사람은 더 많은 돈을 요구했다.

답답해진 부가는 고을에서 이름난 등석鄧析 선생에게 찾아가 사정 이야기를 하자 등석 선생이 말했다.

"서두를 것 없소. 시체를 다른 사람에게는 팔 수가 없을 테니까."

며칠이 지나자 시체가 썩어 냄새가 나기 시작했다. 이에 시체를 가지고 있던 사람이 당황하여 역시 등석 선생을 찾아갔다. 등석은 그에게도 말했다.

"안심하시오. 그 집 말고는 그 시체를 사러 올 사람이 없을 테니까."

마틴 루터의 혹독한 자기 관리

루터의 수도원 생활은 무척 엄격했다. 그는 자신에 대해서 조금의 잘못도 용서하지 않았다.

사람들은 대개 남의 잘못에 대해서는 비판적이면서 자신의 잘못에 대해서는 그다지 깊이 생각하지 않는다.

그러나 루터는 달랐다. 그는 자신에 대해 무척 엄했다. 자기의 실수나 잘못을 용서하지 않았다.

그는 수도원에서 금식하며 기도와 성경 읽는 일로 하나님께 가까워지려고 노력했다. 때문에 몸이 많이 쇠약해졌다.

그러던 어느 날, 수도사들과 함께 복도를 지나게 되었다. 복도는 좁고 수도사는 많아 실수로 친구 수도사의 발을 밟았다. 루터는 바로 잘못을 빌었다.

"실수였네. 용서해 주게."

친구는 대수롭잖게 여겼다.

"그럴 수도 있지 뭘. 괜찮아."

루터는 자기 방에 들어와 하나님 앞에 무릎을 꿇었다.

"제가 오늘 또 실수를 했습니다. 용서하여 주시옵소서!"

그리고는 회초리로 자기의 다리를 피가 나도록 때렸다.

한 번은 또 이런 일이 있었다.

아침 예배 시간이어서 성당에 수도사들이 모여 아침 예배를 드리는데 루터의 모습이 보이지 않았다. 수도사들은 모두 궁금해서 한 마디씩 했다.

"루터가 게으름을 피우는 것 아냐?"

"글쎄, 뭘 하는지 가보자."

수도사들은 예배 후 루터의 방으로 갔다. 문이 잠겨 있지 않아서 쉽게 문을 밀고 들어간 수도사 한 사람이 놀란 목소리로 소리쳤다.

"큰일이다! 루터가 피투성이가 되어 쓰러져 있어!"

"어떻게 된 거야?"

"죽은 것 아냐?"

루터는 손에 채찍을 쥔 채 마룻바닥에 쓰러져 있었다. 수도사 한 사람이 맥을 짚어 보니 맥은 아직 뛰고 있었다. 수도사들은 루터를 침대로 옮기고 수건에 물을 적셔 이마에 얹었다. 그러자 루터가 눈을 떴다.

"어떻게 된 거야, 루터?"

루터는 아무 말도 하지 않았다.

"말을 해봐."

"부끄러운 일이야."

"부끄러운 일이라도 말을 해봐. 그래야 알지."

그제야 루터가 조용히 입을 열었다.

"대학을 졸업할 무렵 아버지께서 날보고 약혼을 하라고 말씀하셨었어. 아직 한 번도 본 일이 없는 처녀인데, 오늘 갑자기 그리운 생각이 들어서 공부가 안 되는 거야. 그래서 나를 다스리느라고 때렸지."

루터는 이렇듯 자신을 관리하는데 철저했다.

흐루시초프에게 콜라를 마시게 한 캔들

캔들은 소련의 수상 흐루시초프에게 공식석상에서 펩시콜라를 마시게 한 사람이다.

이 역사적인 일은 1959년 모스크바에서 열린 미국 물산전시장에서 일어난 해프닝이다.

전시장에 나타난 흐루시초프에게 캔들은 서슴없이 펩시콜라를 권했고, 수상은 쾌히 잔을 받았다. 그리곤 당시 미국측 단장이던 닉슨과 흔쾌히 건배를 했다. 펩시콜라 잔을 든 이 세 사람의 사진은 전파를 타고 순식간에 온 세계로 퍼져 나갔다.

아마 어떤 광고도 이보다 강력한 효력을 발휘할 수 없었을 것이다. 생각하면 할수록 기막힌 작전이었다. 하지만 또 한편으로 생각하면 어이없는 일이기도 했다. 콜라야말로 미국 자본

주의의 상징이 아닌가. 이걸 다른 사람도 아닌 소련의 수상에게 권했고, 그것도 모스크바 한복판에서 벌어진 일이니 말이다. 아이디어도 기발했지만 배짱 또한 보통이 아니었다.

여하튼 이 사진 한 장은 억만금의 선전보다도 효과가 컸다. 그는 여기에서 그치지 않고 소련 땅에 펩시 공장을 건설할 것을 제의했다. 그런데 뜻밖에도 이 엉뚱한 제안이 받아들여졌다.

이로써 미국의 민간기업이 소련 땅에 상륙한 효시가 되었다. 세계 기업 사상 획기적인 일이었다.

그때까지 펩시콜라는 코카콜라에게 압도되어 판매량이 매우 저조했었는데 거의 2:1의 비율로 육박한 것은 순전히 캔들의 비상한 세일즈 작전 덕분이었다.

캔들은 무엇이든 생각이 나면 행동하는 사람이었다. 그가 만약 수상 앞에서 주저했더라면 그런 효과는 얻지 못했을 것이다. 그는 어떤 아이디어라도 실천하는 사람이었다. 이런 결단력이야말로 기업가에게 꼭 필요한 용기다.

무등산으로 가는 길 | 2002 | 10F | 아크릴화

지옥문

– 단테 Aligheieri Dante

나를 거치면 슬픈 고을이 있고
나를 거치면 끝없는 괴로움이 있고
나를 거치면 멸망의 족속이 있네.
정의는 거룩한 창조주를 움직여
하나님의 힘, 그 크신 지혜와
본연의 사랑이 나를 만드시었네.
나 앞에 창조된 것은 영원한 것밖에 또 없어
나는 영원히 남아 있으리니
여기 들어오는 너희는 모든 희망을 버려라.
　　－「신곡」, 제3가에서

1265~1321. 세계 4대 시성 중의 한 사람. 이탈리아의 피렌체에서 태어났다. 대표작 「신곡」은 〈지옥편〉, 〈정죄편〉, 〈천국편〉으로 나뉘어 각 33장씩으로 되어 있고, 서장을 포함해 100장으로 된 장편 서사시다. 전통있는 가문에서 태어났으면서도 보잘 것 없는 서민으로 전락, 식객 생활을 해야 했고, 보니파키우스 8세의 희생물이 되었으며, 고향 피렌체는 그가 돌아오는 것을 거부했다.

베르길리우스의 인도를 받아 단테가 지옥문에 이르렀을 때 그 문에 1인칭, 즉, 문門이 말하는 형식으로 이 글귀가 새겨져 있다.

신사임당과 포도송이 그림

강릉의 한 마을에서 큰 잔치가 벌어져 마을의 부인들이 모두 모여 음식 장만에 분주했다.

부인들은 마을에 떠도는 소문이며 이웃 이야기에 왁자지껄했다. 그 중 고운 다홍치마를 입은 새색시는 옷자랑에 정신이 없었다. 그런데 그 새색시가 갑자기 울상이 되어 발을 동동 굴렀다.

"어쩌면 좋아. 예쁜 치마를 다 망쳐 놓았으니……."

새색시의 치마에는 검은 때가 묻어 있었다.

"친구한테 빌려 입고 왔는데, 이 일을 어쩌면 좋담."

새색시는 더러워진 치마를 그대로 돌려줄 수도 없고, 그렇다고 새 치맛감을 사줄 돈도 없고 해서 어쩔 줄 몰라 애를 태우고 있었다.

이를 본 한 여인이 그녀에게 치마를 벗어 펴놓게 하고는 먹을 갈아 얼룩진 자리에 포도송이를 그려 넣었다.

그러자 먹음직스런 포도송이에서 향기가 나는 듯했다.

"이걸 팔면 새 비단 치마를 살 수 있을 거요."

새색시는 포도송이가 그려진 치마를 들고 나가 팔아서 치마 주인에게 새 치마를 사주고도 몇 벌 더 살 수 있는 돈이 남았다.

이 포도송이를 그려 준 부인이 바로 신사임당이다. 그녀는 우리나라에서 가장 모범적이고 훌륭했던 여성으로, 위대한 학자 율곡의 어머니이자 시인이었으며, 화가이기도 하고, 훌륭한 학자였다.

그녀는 항상 겸손하여 자신의 학식이나 재주를 드러내어 자랑하지 않았다. 뿐만 아니라 검소하고 단정한 생활을 견지한 고고한 분이었다.

제2부

지혜와 철학이 담긴 이야기

비탄

- 셸리 Percy Bysshe Shelley

오 세계여 ! 오 인생이여 ! 오 시간이여 !
나는 네 마지막 계단에 올라와
내가 전에 서 있던 곳을 보고 전율을 느낀다.
젊은 날의 네 영광은 언제 다시 돌아 오려는가?
다시는 — 오 ! 다시는 하지 못하리 !

눈부신 낮과 죽음의 밤으로부터
기쁨은 도망쳐 버리고
신선한 봄과 여름, 그리고 얼음 언 겨울은
내 가냘픈 마음을 슬프게는 할지라도
다시는 — 오! 다시는 기쁘게 하지 못하리!

극락강 | 2002 | 변형8F | 아크릴화

1792~1822. 1811년 옥스퍼드 대학 재학 중에 「무신론의 옹호」라
는 팜플렛을 간행하여 퇴학처분을 당했고, 그해에 열여섯살의 소
녀 해리에트 웨스트브룩과 결혼을 했으나 실패, 해리에트는 자살
했다. 바이런과 친교를 맺어 함께 스위스에 머물기도 하였고, 이
탈리아에 살며, 에스테, 베니스, 로마, 피사 등지에서 자유를 누리
기도 하였다.

이 작품은 죽기 2년 전에 쓰고, 죽은 지 2년 뒤에 발표되었다. 그
는 보트를 타고 항해를 하다가 폭풍을 만나 물에 빠져 죽었다.

맷돌 돌리는 군마軍馬

어느 왕이 군마軍馬를 길렀는데 모두 살이 찌고 늠름하게 잘 훈련되어 있었다. 그래서 이웃 나라가 여러 차례 쳐들어왔지만 그때마다 격퇴시킬 수 있었다. 놀란 이웃 나라는 화친을 청해 왔다.

이윽고 전쟁의 혼란이 가라앉자 왕이 생각했다.

'지금처럼 태평하다면 저 많은 군마를 길러 어디에 쓰지? 사료도 많이 들고, 인력도 많이 들 텐데…….'

왕은 고심하던 끝에 한 묘안을 생각해 냈다.

'군마를 백성들에게 주어 방앗간 일을 돕게 하면 국고 지출을 줄일 수 있고, 또 백성을 위해 봉사도 된다.

그리고 필요할 때 다시 소집하면 되겠지.'

그래서 백성들에게 궁중으로 와서 군마를 끌고 가라고 공고를 했다. 군마들은 방앗간에서 맷돌과 함께 바삐 돌아갔다.

몇 년이 지나 정예병을 길러 전투력을 회복한 이웃 나라가 다시 쳐들어왔다. 왕은 급히 군마를 소집하고, 적을 맞았다.

북을 세 번 울리고 진격 명령은 내렸는데 군마들은 모두 머리를 떨구고 빙빙 돌기만 했다. 그 동안에 맷돌 돌리는 것이 습관이 되어 버렸던 것이다.

습관은 오래 계속된 실천이며,
결국에는 그 사람 자신이 되고만다. —아리스토텔레스

성 안토니

은둔자의 아버지 안토니는 사르스 지방의 부잣집에서 태어났다.

그는 18세 때 부모를 잃고 재산을 상속받았으나 '네가 완전한 사람이 되려면 네 소유를 다 팔아 가난한 사람에게 나누어 주라' 하신 성경말씀을 그대로 실행하기로 결심했다.

그래서 오직 하나 있는 누이동생을 믿음을 가진 부인에게 맡기고 농촌에서 일하며 금욕禁慾생활에 들어갔다.

그러나 정욕과 명예욕을 이길 수 없어 다시 사막에 있는 동굴 속에 들어가 수도를 했다. 그러나 유혹은 더욱 심해져 어떤 때는 꿈에, 어떤 때는 낮에, 친구의 모양으로, 혹은 미인의 모양으로, 수시로 환상이 나타나 고통스러웠다. 그리하여 밤을 새워 지성으로 기도한 끝에 하나님과 교통함으로써 기쁨을 얻었다.

그러한 그의 소문이 사방
에 퍼져 이집트 전역에서
그를 찾아오는 사람들이
줄을 이었다.

그가 알렉산드리아 시
에 나왔을 때는 시민들이
모두 구세주를 만난 듯이 그
앞에 엎드려 절했다. 콘스탄틴 황제가 후한 대접으로 그
를 청했으나 그는 가지 않고 이렇게 말했다.

"세상 권세를 자랑하지 말고, 주님을 영원의 왕으로
섬기며, 정의를 행하고 가난한 사람을 도와주라."

그는 니케아 회의 때 친히 나와 아리우스 학설을 반대
하고, 정통 교리를 옹호했으며, 아다나시우스를 격려했
다. 아다나시우스는 그에 감화받아 암자를 찾아가 기도
하고 마지막에 《안토니 전기》를 저술하여 세상에 전파
했다.

막시미너스 박해 때는 다시 알렉산드리아에 나와서
갇혀 있는 신자들을 위로하고 자기도 함께 순교하기를
원했으나 아무도 그에게 손을 대는 사람이 없었다.

그가 최후에 숨어 있던 곳은 홍해紅海에서 가까운 콜
시임 산 위에 있는 수도원이 있는데, 아직도 그 유적이
남아 있다.

안토니는 105세까지 살았는데 그는 세상을 떠날 때 제
자를 향해 '나는 이제 간다' 하고 웃음을 띠며 임종을

맞았다.

그의 생전에 그를 본받아 많은 수도원이 만들어졌고,
수천 명의 수도자들이 교회에 들어왔다.

신의 존재를 믿는다는 것,
인간의 행복은 이 한 마디로 다한다. ―톨스토이

꽃을 사랑한 죄수

화창한 봄날 아침.

감옥의 마당 한 구석에 푸른 죄수복을 입은 남자가 쓸쓸히 앉아 있었다. 그는 심심하기 그지없었다. 그렇다고 책을 읽을 수도 없고, 펜이나 종이도 없어 글을 쓸 수 있는 형편도 아니었다.

한참을 따분해 하던 남자는 마당에 깔린 돌의 수를 세기 시작했다. 그런데 돌틈 사이로 가냘프게 고개를 내밀고 있는 것이 보였다. 죄수는 그것을 향해 허리를 굽혔다. 무슨 꽃인지는 알 수 없었지만

그날부터 죄수는 새로운 일거리가 생겼다. 그는 오늘은 얼마나 자랐을까, 혹시 햇볕에 바르시는 않았을까, 매일같이 살펴보았다.

그러던 어느 날, 창문으로 바깥을 보고 있노라니 마당을 청소하던 간수가 빗자루로 그 새싹을 쓸어 내려 했

다.

"잠깐만요!"

죄수는 다급하게 간수를 불러 세우고 말했다.

"그 풀을 건드리지 마세요."

간수는 어리둥절했지만 이내 새싹을 발견하고는 빙그
레 웃었다.

또 어떤 날은 간수가 데리고 다니는 개에게 밟혀 죽을
뻔했다. 그래서 죄수는 그 새싹이 걱정되어 작은 울타리
를 만들어 주었다.

어느덧 새싹이 곱게 자라 예쁜 꽃이 피려다가 돌틈에
끼어서인지 차차 말라 가는 것이었다. 죄수는 돌을 치우
고 싶었으나 하찮은 돌 하나도 나라의 물건인지라 어쩔
수가 없었다.

그래서 궁리하다가 황후에게 꽃을 살려 달라고 정성
들여 편지를 썼다.

며칠 후, 죄수의 편지를 받은 황후는 갸륵한 정성에 감

동했다. 그래서 곧바로 돌이 치우게 하니 노오란 꽃이 활짝 피었다.

이후 황후가 황제에게 간청했다.

"그렇게 꽃을 사랑하는 사람은 마음이 고운 사람입니다. 그가 무슨 죄를 지었는지는 모르지만 지금쯤 깊이 뉘우치고 있음이 분명합니다. 그를 풀어주시옵소서!"

마침내 그 죄수는 석방되었다.

열심히 일하는 교인

교회 담임 목사 두 분이 앉아 각자 자기들 교회의 여러 가지 문제점들을 상의하고 있었다.

"어떻게 해야 전 교인들을 모두 하나님께 충성스런 일꾼으로 만들 수 있을까요? 수 년 동안 목회에 전력해지만 10%밖에 주의 일에 충성하지 않습니다."

한 목사가 안타까운 듯이 말하자 옆에 앉아 있던 다른 목사가 받았다.

"거 참 어려운 교회군요."

그는 매우 동정적인 어투로 말을 이었다.

"우리 교회는 그렇지 않아요. 교인 100%가 적극적으로 주님의 사업에 동참하고 있습니다."

"아니, 어떻게 그렇게 할 수

있지요? 대단하십니다.”

그는 부러운 듯이 바라보며 거듭 말했다.

“참 훌륭한 교회이십니다. 어떻게 그렇게 훌륭하게 운영하십니까?”

“그야 간단합니다. 교인 50%는 목사를 위해 열심히 일합니다. 그리고 나머지 절반은 목사를 반대하는데 열을 올리고 있습니다. 중요한 것은 그 나머지 절반의 사람들까지 주님의 사업에 참여하는 것으로 인정해주는 것입니다.”

사람들은 흔히 어떤 사물을 평가할 때 내용보다 표면을 보고 판단한다.
누구나 눈은 가지고 있지만 통찰력을 지닌 사람은 드물다. ―마키아벨리

새벽기도 가는 길 | 1993 | 6F | 유화

모랫벌을 건너며

– 테니슨 Alfred Tennyson

해는 지고 저녁별 빛나는데
날 부르는 맑은 목소리
내 멀리 바다로 떠날 적에
모랫벌아, 구슬피 울지 말아라.

끝없는 바다로부터 왔던 이 몸이
다시금 고향 향해 돌아갈 때에
움직여도 잔잔해서 거품이 없는
잠든 듯한 밀물이 되어 다오.

황혼에 울리는 저녁 종소리
그 뒤에 찾아드는 어두움이여!
내가 배에 올라탈 때
이별의 슬픔도 없게 해다오.

이 세상의 경계선인 때와 장소를 넘어
물결이 나를 멀리 실어 간다 하여도
나는 바라노라, 모랫벌을 건넌 뒤에
길잡이를 만나서 마주 보게 되기를.

1809~92. 브라우닝과 함께 영국 빅토리아조를 대표하는 거장. 41세 때 시극을 썼으며, 케임브리지 대학을 나와 1830년, 32년에 각각 시집을 내어, 시단의 주목을 끌었다. 그는 필생의 대작으로 아더왕 전설을 소재로 한 「국왕가집 The Idylls of the King 12 권」을 썼다.

워즈워드 뒤를 이어 42년 동안 계관 시인의 자리에 있었고, 1884 년에는 남작의 지위를 얻었다. 이 시는 자연을 사랑한 그가 84세 의 나이로 죽음을 앞두고 지은 작품이다.

이익에 따라 행동한다

사람은 모름지기 자기의 이익을 좇아 움직인다.

뱀장어는 뱀을 닮았고, 누에는 나방의 애벌레다. 뱀을 보면 누구나 움찔하고, 누에를 보면 누구나 소름이 끼친다. 그러나 어부는 뱀장어를 만지고, 길쌈하는 여자는 누에를 만진다. 그것은 이익이 된다면 누구나 용기 있는 자가 되기 때문이다.

또 수레를 만드는 직공은 모든 사람이 부자가 되기를 바라고, 관을 만드는 직공은 모든 사람이 일찍 죽기를 바란다. 그렇다고 수레 만드는 사람은 선인이고, 관을

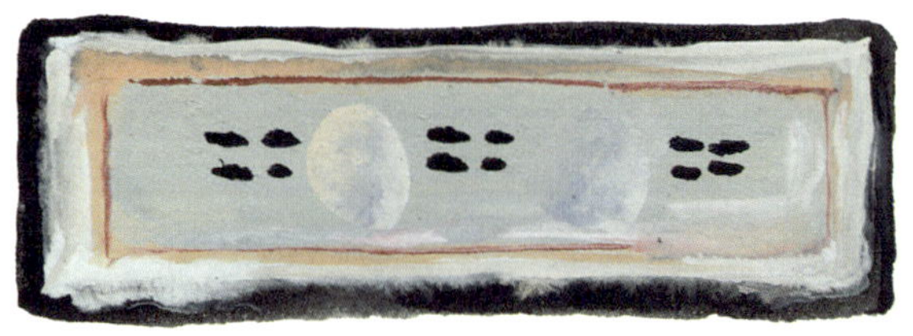

만드는 사람은 악인이라고 할 수는 없다.

부자가 되어야 수레를 살 것이고, 죽는 사람이 없으면 관을 사는 사람이 없겠기에 바랐을 뿐이다.

그것은 사람이 미워서가 아니라 그래야 자기에게 이익이 오기 때문이다.

한비자의 말이다.

저승의 저울

고기 장수가 죽어서 저승에 갔다. 저승문에 들어서자 문을 지키는 수문장이 죽은 사람들을 천국행과 지옥행으로 가르고 있었다.

고기 장수는 자신이 이승에서 해온 일들을 생각해 보았다. 고기의 무게를 속여 판 것이 조금 걱정되었을 뿐 나머지는 문제가 없을 것 같았다. 이윽고 그가 수문장 앞으로 나왔다. 수문장은 체중계를 가리키며 그에게 말했다.

"이 체중계에 올라서시오. 당신의 몸무게에 따라 천국과 지옥이 정해질 것이오."

"그런데 그 기준이 무엇입니까?"

"당신의 몸무게가 100kg을 넘으면 지옥행이고, 100kg이 안 되면 천국으로 가게 될 거요. 자, 어서 체중계에 올라 서시오."

　순간 고기 장수는 두 눈을 꼭 감았다. 그리고 속으로 생각했다.

　'이거 큰일났구나. 어떻게 하면 체중을 가볍게 할 수 있지?'

　그때 고기 장수의 머리에 좋은 생각이 떠올랐다. 그는 옷을 하나씩 벗기 시작했다. 윗옷이며 바지, 속옷을 모두 벗고 양말까지 벗은 후 체중계에 한 발을 살짝 올려 놓았다. 그런 다음 숨을 있는대로 내쉬고 다른 한 발을 마저 올렸다.

　체중계에 고기 장수의 몸무게가 나타났다. 99.9kg이었다. 고기 장수는 안도의 한숨을 내쉬었다.

　수문장이 가까이 다가와 그의 몸무게를 장부에 기록했다. 그리고 한참 동안 그를 뚫어지게 바라보았다. 고기 장수는 입을 크게 벌리며 수문장에게 말했다.

　"수문장님, 저는 천국행이지요?"

　"무슨 말이오. 당신의 몸무게는 110kg이오."

그는 그럴리가 없다며 체중계에 다시 올라갔다. 체중계는 선명한 숫자로 **99.9kg**을 가리키고 있었다. 그래서 고기 장수는 소리쳤다.

"보시오, 수문장님! 100kg이 안 되잖습니까?"

그러자 수문장이 의미심장하게 웃으며 말했다.

"나도 당신에게서 배운대로 하는 거요. 당신도 고기 무게를 속였잖았소. 자, 어서 지옥으로 가시오."

삼태기로 산을 옮긴 우공牛公

중국의 북산에 사는 우공의 나이는 아흔이었다.

그는 다니는데 불편을 주는 집 앞의 태항산과 왕옥산을 옮기기로 했다.

"이 산 때문에 빙 돌아다녀야 하니 없애버리자."

우공의 말에 다른 가족들은 모두 찬성했으나 우공의 아내만은 고개를 가로 저었다. 또, 그를 아는 사람들도 이룰 수 없는 일이니 공연히 헛수고하지 말라고 충고했다.

우공이 말했다.

“내 결심이 정해진 이상 내가 죽으면 내 아들이 있고, 아들은 또 손자를 낳을 테고, 손자는 또 자식을 낳을 테니까, 한 세대 한 세대 대를 물려가며 옮기면 될 것 아닌가? 다행히 산이 더 커지지 않으니 꼭 없앨 수 있을 게야.”

“설령 옮긴다 해도 그 많은 흙과 돌을 어디다 버릴 작정이오?”

“허허, 발해渤海의 끝, 북녘에 버리면 되지 않겠소.”

그리고 우공은 아들과 손자를 이끌고 산을 조금씩 부수어 삼태기에 담아 발해 끝에 버렸다. 그런데 그 거리가 워낙 멀어서 한 번 흙을 버리고 돌아오는 데 반 년이나 걸렸다.

하곡에 사는 지수라는 이웃 사람이 비웃자 위에서 애기한 아들 손자 애기를 꺼냈다.

그 우공이 산속에 은거하고 있을 때 제나라 환공이 사냥을 나왔다가 길을 잃어버렸다.

환공이 길을 헤매고 있는데 땔감을 지고 오는 백발 노인이 있어 물었다.

“여보시오, 영감. 이 골짜기의 이름이 뭐요?”

노인이 짐을 내려놓으며 대답했다.

“우공의 골짜기랍니다.”

“왜 그렇게 부르지요?”

“제가 평생 여기에 살고 있기 때문에 저의 이름을 따

서 그렇게 부른답니다.”

환공이 노인의 아래위를 훑어보며 말했다.

“당신은 범상치 않은 사람 같은데 왜 우공이라고 부르지요?”

“예, 그건 제가 기르던 어미소가 새끼를 낳아 그놈이 중소 가량 되었을 때 팔아다 망아지를 샀더랬는데 동네의 못된 젊은이가 저의 집으로 와 ‘당신 집에서 기른 건 소였는데 어떻게 망아지를 낳는단 말이오. 이건 훔친 것이 아니오’ 하면서 다짜고짜 끌고 가 버렸습니다. 그 말을 들은 이웃 사람들이 제가 너무 멍청하다고 ‘우공’이라고 부르기 시작했습니다.”

“허, 그렇군요.”

환공은 껄껄 웃으면서 말했다.

“당신은 사람들 말대로 정말 어리석소. 어떻게 그렇게 순순히 망아지를 내준단 말이오?”

노인은 대꾸도 없이 곧장 산 속으로 사라졌다.

환공이 환궁하여 이튿날 조회를 열었다. 그 자리에서 어제 있었던 일을 말했다. 이에 관중은 얼굴빛이 변하면서 옷 매무새를 바로잡고 엄숙히 땅바닥에 꿇어 엎드렸다. 이에 환공이 영문을 묻자 이렇게 말했다.

“그 노인은 조금도 어리석지 않습니다. 우리 정치하는 사람들이 어리석은 것입니다. 법률과 제도가 엄격하고 사회 기강이 빠르게 서 있다면 어떻게 남의 망아지를 함부로 빼앗아 가는 일이 일어날 수 있겠습니까? 그렇다면

그 노인도 자기의 망아지를 남에게 주지 않았을 것이 아
닙니까? 이는 관리들이 부패하고 형법이 문란하여 관청
에 고소를 해도 소용이 없다는 말입니다. 환공께서는 법
과 정치를 다시 정비하셔야 할 줄 압니다.”

인내와 신앙은 산이라도 움직인다. —벤

자기 콤플렉스가 큰 장점

미국의 철학자 데일 카네기는 '사람이란 신체상의 불구라든지 또는 신체상 남과 달리 약점이 있기 때문에 대성한다'는 주장을 해 이목을 끌었다.

월리엄 제임스도 '우리의 약점 그 자체가 뜻밖에도 우리들을 도운다'고 했다.

밀턴은 장님이었기 때문에 뛰어난 시를 쓸 수 있었으며, 베토벤은 귀머거리였기 때문에 보다 우수한 음악을 작곡할 수 있었다. 그리고 헬렌 켈러는 장님에 귀머거리, 벙어리였기 때문에 피나는 노력 끝에 사회활동을 할 수 있었으며, 차이코프스키는 비극적 결혼 때문에 자살을 생각지 않았더라면 불후의 명작 〈비창〉을 작곡하지 못했을 것이다.

또 도스토예프스키나 톨스토이가 고난에 찬 생활을 하지 않았다면 결코 불후의 소설을 쓸 수 없었을 것이

다.

  찰스 다윈은 '내가 만약 병약자가 아니었더라면 그처럼 많은 일을 하지 못했을 것이다'라고 말했다.

  다윈이 영국에서 출생하던 날, 미국에서는 링컨 대통령이 태어났는데, 그가 만일 상류사회에서 태어나서 하버드 대학을 다녔다면 결코 미국의 대통령이 되지 못했을 것이다. 그리고 '아무에게도 악의를 품지 말며 만인에게 사랑을……'이라는 훌륭한 연설을 하지 못했을 것이다.

  스칸디나비아 3국의 속담에는 '북풍이 바이킹(해적)을 만든다'라는 말이 있듯이 역경은 무서운 힘을 발휘하고 사람을 성공으로 이끌어 주는 것이다.

역경은 천재를 드러내고, 번영은 이를 감춘다. ―호라티우스

허유괘표許由掛瓢

허유許由는 세상을 피하여 기산箕山에 숨어 살았다.

그는 욕심이란 티끌만큼도 없는 사람이었다. 그리고 가진 것이라곤 입은 옷이 전부였다.

때는 요임금이 다스리던 태평성세라 허유도 배를 주리는 일 없이 물을 마시고 싶으면 시냇가에 나가 손으로 떠 마시면 되었고 자고 싶으면 아무데서나 나무 등걸을 베고 자면 되었다.

하루는 허유가 시냇가에 나가 물을 손으로 떠 마시고 있었다. 그 광경을 본 빨래하던 아낙네가 딱하게 생각하여 그에게 쪽박 하나를 갖으라고 주었다. 물을 떠 마시는 데는 안성맞춤이었다.

그런데 비록 작은 쪽박이기는 하나 그것도 하나의 재산이었다. 그래서 늘 빈손으로 홀가분하게 다니던 그에게는 짐이 되었다. 나무 그루터기를 베고 낮잠을 청할

때도 쪽박을 나뭇가지에 걸어 두어야 하고, 잠이 들었다가도 바람에 흔들려 달가닥거리는 소리에 눈을 떠야 하니 예전처럼 단잠을 잘 수가 없었다.

그는 쪽박 없이 살아온 지난 날이 그리웠다.

그래서 그는 미련없이 버렸다. 버리고 나니 얼마나 개운한지 몰랐다.

이를 일러 '허유괘표許由掛瓢(허유가 쪽박을 나뭇가지에 걸다)'라 하니, 즉 세상 물욕에 아랑곳하지 않는 고결함을 비유한 말이다.

그런 허유에게 요임금으로부터 천자 자리를 주겠노라는 제휴가 들어왔 들어왔다.

요임금은 아들이 어질지 못해 다른 온후한 사람을 물색하던 중이었다. 그때 마침 신하들이 현자라고 이름난 허유를 천거했던 것이다. 허유가 거절하며 말했다.

"아닙니다. 저는 정치에는 전혀 관심이 없습니다."

그리고는 기산 기슭으로 숨어 버렸다. 그러나 요임금은 포기하지 않고 자꾸만 사람을 보내 허유를 설득했다.

"천자가 싫다면 구주九州의 장長이라도 맡아 주시오."

그러나 허유는 그마저도 거부하며 냇가로 가서 귀를 씻었다.

그때 마침 소보라는 소몰이가 같은 냇가에서 소에게

물을 먹이고 있다가 허유가 귀를 닦는 것을 보고 그 까닭을 물었다. 그러자 허유가 말했다.

"나에겐 높은 자리에 오르고 싶은 욕망 따위는 전혀 없소. 그런데 요임금이 자꾸만 졸라서 귀가 더러움을 탔으니 닦아내는 중이오."

소보가 얼굴빛을 바꾸며 말했다.

"당신이 정말로 요임금의 부탁을 듣고 싶지 않다면 왜 요임금에게 발견될 곳에 있었습니까? 보다 깊숙한 곳으로 숨어 버리면 될 것을. 그러면 요임금도 포기할 게 아니겠습니까. 그런데 당신은 일부러 눈에 띄는 곳에 있으면서 요임금이 자기를 찾고 있다는 것과, 자기는 그것을 거절하고 있다는 것을 세상 사람들에게 알려 명성을 떨치려는 것이 아닙니까? 난 이제까지 당신이 현자인 줄 알았는데 이제 보니 명성만 탐내고 있는 속물이군요. 나는 그런 속물이 귀를 씻은 더러운 물을 내 소에게 먹이는 것이 싫소이다."

소보는 소를 끌고 허유가 귀를 씻은 곳 위로 올라가 물을 먹였다.

코드라스 왕의 살신성인

기원전 11세기 무렵 아테네의 코드라스 왕은 정치를
잘하여 만민의 칭송을 받았다.

아테네는 이오니아족의 대표 국가였고, 스파르타는
도리아족의 대표 국가였다.

이오니아족이 먼저 헬라 반도에 들어와 동남부에서
아테네라는 나라를 창건하고 왕정으로 통치하기 시작하

자, 그 뒤를 따라온 도리아족이 아테네를 치려했다. 그러자 아테네는 군비하여 대비했다.

도리아족이 델포이 신전에 가서 승전을 할지 못할지에 대해 물어보았다. 그러자 신관이 신탁에 의해 말하기를, '아테네와 싸우되 만일 그 왕을 죽이면 필경 패하게 되리라'고 했다. 헬라인들은 델포이 신전의 신탁을 금과옥조金科玉條로 여기니만큼 도리아 진영에서는 모든 군인들에게, '이오니아족과 싸우되 그 왕만은 죽이지 말라'고 엄명을 내렸다.

코드라스 왕은 첩자를 통해 이런 보고를 받고 자기 나라를 위해 살신성인殺身成仁하기로 결심했다. 그래서 왕복을 벗고 병사의 복장으로 밤에 적진으로 들어가 싸우다가 죽었다. 죽은 후에 몸을 뒤져 보니 아테네 왕이 분명했다. 그러자 도리아인들은 신의 벌을 받을까 겁이 나서 즉시 수퇴했다.

코드라스 왕이 이렇게 죽은 후, 국민들은 이와 같이 나라와 백성을 위해 자기를 희생한 왕을 기리기 위해서 왕정을 폐하고 집정관執政官 두 사람을 택하여 한 사람은 정치를 맡고 한 사람은 군사와 전쟁을 맡게 하는 새 제도를 채택했다. 기원전 110년경의 일이다.

코끼리가 된 시인

네 사람이 코끼리를 보러 왔다.

첫 번째 사람이 코끼리의 꺼칠꺼칠한 가죽을 손으로 쓰다듬어 보고는 돌아갔다. 그는 가죽을 다루는 피혁업자였다.

두 번째 사람은 코끼리의 매끄러운 상아를 만져 보고 돌아갔다. 그는 상아를 취급하는 장사꾼이었다.

세 번째 사람은 코끼리의 앞발을 유심히 관찰하였다.

그는 '서식지에 따른 코끼리의 앞발, 엄지발가락의 길이에 관한 연구'를 하고 있는 생물학자였다.

마지막 네 번째 사람은 눈물을 흘리고 있는

코끼리를 찾아가 같이 울었다. 그는 시인詩人이었다.
  그는 우는 코끼리의 심정을 알아보기 위해서 스스로
코끼리가 되어 울었다.

쌍두사를 본 손숙오

초나라 장왕 시대, 중신에까지 오른 손숙오의 소년 시절 일이었다. 그가 산에 올라갔다가 머리가 둘 달린 뱀 쌍두사雙頭蛇를 보았다.

옛날에는 머리가 둘 달린 쌍두사를 본 사람은 죽는다는 전설이 있었다.

그는 자기가 곧 죽을 줄로 생각하고 홀어머니 앞에 꿇어 앉아 불효자가 되어 먼저 죽게 되었다면서 울었다. 어머니가 물었다.

"그 뱀을 어찌하였느냐?"

"저는 이미 그 놈을 보았으니 어쩔 수 없지만 또 다른 사람이 보면 안 되겠기에 죽여서 땅속 깊이 묻었습니다."

"오, 내 아들 장하구나. 이렇게 사람에게 해가 미치지 않기를 원하고, 남의 생명을 보호하기 위해 애쓰는 내 아들이 왜 죽겠느냐. 사람을 죽인 자는 죽는 법이요, 사람을 살린 자는 사는 법이다. 숙오야, 지금부터 내 말 잘 들어라. 너는 '쌍두사를 본 사람은 죽는다'는 말만 듣고, '쌍두사를 죽인 사람은 죽지 않는다'는 말은 듣지 못했구나. 너는 불행하게 쌍두사를 보았지만, 또 다행히도 쌍두사를 죽였으니, 걱정하지 않아도 된다. 그것을 죽임으로써 너도 살았을 뿐 아니라, 양두사를 보고 죽게 될 사람들까지 다 살린 것이다."

손숙오는 나중에 과거에 급제하여 지방의 수령이 되고, 후에는 정부의 중요한 자리로 진출하여 장왕 시대에 재상까지 지냈다.

인간은 스스로 자기의 운명을 만든다. ─세르반테스

사람은 사랑으로 산다 | 1990 | 변형 6F | 수채+크레파스

첫사랑

- 괴테 Johann Wolfgang von Goethe

아아, 누가 돌려 주랴, 그 아름다운 날
첫사랑의 그 때를.
아아, 누가 돌려 줄 것이랴.
그 아름다운 시절의
다만 한 순간만이라도.

쓸쓸한 이 상처를 키우며
끊임없이 되살아나는 슬픔에
잃어진 행복을 슬퍼하고 있으니,
아아 누가 돌려 주랴, 그 아름다운 나날.
첫사랑의 그 즐거운 때를.

1749~1832. 만능의 재능을 천부적으로 지니고 있어서 문예, 학
문의 모든 분야에서 뛰어난 업적을 남겼다. 대작 「파우스트」는
1831년 8월에 완성했는데 약관 23세에 초고를 쓰기 시작한 이래
무려 59년의 긴 세월 동안 창작했다. 남겨진 저서만 해도 순문학
작품 63권, 자연과학 연구 14권, 일기 16권, 서한집 50권, 합계
143권이나 된다.

괴테의 청춘 시대의 사랑의 시는 언어가 그대로 심장의 고동이고
사랑의 기쁨이며 또한 이별의 고통이기도 하다. 그 시기는 이른바
「시트룸운트 드랑」의 열정의 시대였다.

행복의 비밀

깊은 산 속에 한 노인이 살고 있었다. 세상의 많은 지혜를 알고 있는 그는 어느 날, 동네 사람들에게 행복의 비밀을 가르쳐 주겠다고 약속했다.

그런데 그 비밀을 들을 만한 자격이 있는 한 사람에게

만 말해 주겠다는 단서를 붙였다.

그러자 동네 사람들이 심사숙고한 끝에 아름다움이야 말로 세상에서 가장 값진 것이라고 생각하고, 동네에서 가장 예쁜 아가씨를 보냈다.

그러나 노인은 그녀를 돌려보냈다.

그러자 이번에는 가장 부유한 사람이 행복의 비밀을 알 자격이 있지 않을까 생각하고 동네에서 제일 가는 부자를 보냈다. 하지만 이번에도 받아들여지지 않았다. 노인은 고작 그런 생각밖에 못하는 사람들에게 실망했다.

그래서 숲이 우거진 오솔길을 걷다가 새 한 마리를 가슴에 안고 울고 있는 소녀를 만났다. 노인이 다가가서 그 사연을 묻자 어린 소녀는 다친 새가 불쌍해서 울고 있다고 했다.

노인은 그제야 비로소 행복의 비밀을 말해 줄 사람을 찾았다고 기뻐했다.

"애야, 지금 흘리고 있는 너의 눈물이야말로 이 세상에서 가장 소중한 것이다. 남을 불쌍히 여기는 마음이야말로 행복의 비밀이란다."

행복은 그대가 손에 잡고 있는 동안에는 작게 보이지만
놓치면 크고 귀중하다. —고리키

문文과 무武를 배우다 늙어

한 노인이 남루한 옷을 걸치고 길가에 주저앉아 울고 있었다. 지나가던 행인이 물었다.

"왜 그리 슬피 울고 계시는지요?"

노인이 대답했다.

"내 운명이 너무도 불쌍해서 그런다오. 머리칼이 백발이 되도록 한 번도 관리가 될 기회를 만나지 못했으니……."

행인은 믿기지 않아서 다시 물었다.

"정말로 그런 기회를 한 번도 못 만났단 말입니까?"

"내 말 좀 들어 보시오. 내가 젊었을 적엔 글을 배웠소. 부지런히 공부를 하며 과거 준비를 하고 있었는데, 그 시절에는 나이 든 사람이 존중을 받았지요. 젊은 사람은 아무리 뛰어나도 소용이 없었소. 그러다가 군주가 새로 바뀌었는데 그는 무예를 숭상했죠. 그래서 나도 글

을 버리고 무예를 배웠지요. 이렇게 배움을 쫓다보니 어언간 나이가 들어 늙어 버렸소. 무예를 중시한 왕은 또 젊은 사람을 중시하기 시작했다오. 그래서 늙은이는 아무리 무예가 출중해도 중용되지 못하게 되었소. 이렇게 왔다갔다하며 백발이 다 되도록 한 번도 기회를 못 만났지 뭐요."

기회는 앞머리에만 털이 있고 뒷통수는 대머리다.
그러므로 기회는 앞에서 잡도록 하라. —라볼레

기도의 자세

한 힌두교인이 기독교인들은 어떻게 기도를 드리는가 하는 호기심이 생겼다. 그래서 주일 아침에 큰 교회에 들러 홀의 중앙에 앉아 있었다.

그때 목사가 강단에 올라서더니 묵직하게 말했다.

"기도합시다."

힌두교인은 어떻게 해야 할지를 몰라 다른 사람이 하는 모습을 살펴보았다. 몇몇 사람은 머리를 숙이고 있었고, 다른 몇 사람은 두 손을 코 앞에 대고 있었다. 어떤 사람은 눈을 꼭 감고 있었고, 또 어떤 사람은 눈을 뜨고 있었다. 그래서 힌두교인은 어느 쪽을 선택할까 망설이다가 결론을 내렸다.

‘차라리 한 눈은 감고 다른 한 눈은 뜨고 있는 게 좋겠
다.’

무등을 그리며 | 1992 | 35×70㎝ | 유화

숲에 가리라

- 하이네 Heinrich Heine

아름다운 꽃 피고
예쁜 새들 노래하는
고요하고 푸른 숲에
나는 가리라.

세월 지나 무덤 속에
나 잠이 들면
내 눈과 귀
흙으로 뒤덮이려니
아름다운 꽃의 모습
내 어이 보랴.
예쁜 새의 노래 소리
내 어이 들으랴.

1797~1856. 독일 디셀도르프에서 유태인의 아들로 태어나, 처음
에는 상인이 되기 위하여 함부르크의 백부에게 갔다가 마음을 바
꿔 법학을 공부하고 새로운 문학으로 전향, 반생을 파리에서 보내
고, 몽마르뜨르에 묻혔다. 그의 아름다운 서정시는 독일뿐만 아니
라 외국의 여러나라에서도 애송 되었다. 괴테와 나란히 독일이 낳
은 세계적인 서정시인이다.

하이네는 고유의 민요를 고쳐, 시로 쓴 것이 많다. 이 작품 역시
그런 것 가운데 하나이다.

장왕의 말 장례

　장왕은 말을 몹시 좋아했다. 그는 자기가 가장 아끼는 말에게 화려한 비단옷을 입히고 휘황찬란한 궁전에 재우면서 맛있는 대추를 고아 먹였다. 그런데 너무 살이 찐 말이 그만 죽고 말았다. 그러자 장왕이 모든 대신들에게 애도하도록 명하고, 대부大夫에 준하는 예에 따라 융숭하게 거행하도록 했다. 대신들이 그래서는 안 된다고 말렸지만 왕은 듣지 않았다.

　"말의 장례에 대해 이러쿵저러쿵하는 사람은 사형에 처하겠다."

　이 말을 들은 우맹優孟이 장왕에게 달려가 목놓아 통곡하며 말했다.

　"죽은 말은 왕께서 가장 아끼시는 말입니다. 우리 초나라가 이렇게 당당하고 큰데 겨우 대부의 예로 장례를 치르다니요. 말도 안 됩니다. 마땅히 왕의 장래에 준하

여 치르도록 해야 합니다.”

그러자 왕이 말했다.

“그렇다면 어떻게 해야 되겠소?”

“제 생각에는 백옥으로 관을 만들고, 대리석으로 곽을 짜며, 많은 군사들로 하여금 구덩이를 파게 하고, 성 안의 백성들을 동원하여 흙을 다지도록 해야 합니다. 출상하는 날엔 조나라, 제나라의 사절들을 앞세워 북과 징을 치며 길을 인도하게 하고, 한나라 위나라의 사절들로 하여금 뒤에서 기를 들고 따르게 하십시오. 그래야만 왕께서 사람은 경시해도 말은 중시한다는 것을 알릴 수 있습니다.”

이에 왕이 크게 느끼는 바가 있어 물었다.

“내 잘못이 그렇게도 크단 말이오? 좋소. 그럼 어떻게 해야 하겠소?”

우맹이 차분히 말했다.

“솜씨 좋은 갓바치로 하여금 가죽을 벗기게 한 후, 부뚜막으로 곽을 삼고, 무쇠솥으로 관을 삼아, 고추와 후추와 생강과 마늘을 충분히 넣고 푹 삶아, 모든 사람들이 맛있게 잘 먹도록 나누어 주십시오."

진정한 교육자의 자세

　필리핀의 카 통 까우라는 학생이 수도 마닐라에 있는 성서대학에 입학했다.

　그는 아버지가 큰 사업가여서 고생없이 이 학교에 들어와 기숙사에서 생활할 예정이었다.

　기숙사에 들어간 첫날, 카 통 까우는 욕실과 화장실을 둘러보고는 기겁을 했다. 너무나 오래도록 청소를 하지 않아 매우 지저분했다. 몹시 언짢아진 그는 곧바로 학장

실로 달려갔다.

"학장님, 이곳 기숙사의 욕실과 화장실은 너무 지저분합니다. 도무지 학교에 다닐 마음이 나지 않습니다."

학장이 그에게 기숙사의 방 번호를 물은 뒤 조치하겠으니 돌아가라고 했다.

기숙사로 돌아온 그는 책상에 앉아 청소부가 오기를 기다렸다.

얼마쯤 지나자 욕실에서 쓱싹쓱싹 비질하는 소리가 들려 왔다. 그는 청소를 제대로 하는지 감독할 요량으로 욕실 문을 열어 보았다.

그런데 허리를 구부리고 일하는 사람이 청소부는 뜻밖에도 학장이었다. 학장은 비누 거품이 잔뜩 묻은 솔을 든 채 웃고 있었다.

"아니, 학장님! 여기서 뭘 하고 계십니까?"

"자네가 욕실이 더럽다고 해서 청소하고 있잖은가."

카 통 까우는 부끄러움으로 얼굴이 달아올랐다.

"이보게, 우리 학교는 부자 학교가 아니라서 기숙사 청소부를 따로 둘 만한 여유가 없다네. 그러니 우리 학교를 다니려면 청소쯤은 자기 손으로 해야 한다네."

새나오는 불빛으로 책을 읽은 광형

광형은 젊었을 때 공부하기를 좋아했다. 그러나 집안이 가난하여 초를 살 수 없어 밤이 되면 책을 읽을 수가 없었다. 그래서 이웃집 벽틈으로 새나오는 불빛에 대고 밤늦도록 책을 읽었다.

한편, 그 동네에는 낫 놓고 기역자도 모르는데 책은 많이 가지고 있는 부자가 있었다. 그 말을 들은 광형은 짐을 꾸려 그 집 머슴으로 들어가 날마다 새벽 5시에 일어나 한밤중까지 일을 했다. 그런데 견혀 대가를 요구하지 않았다. 이를 이상하게 여긴 주인이 무얼 주면 좋겠느냐고 물었다. 그러자 그가 말했다.

"댁에 있는 책들을 읽게 해주시면 좋겠습니다."

주인은 아주 감탄하여 원하는 대로 책을 빌려 주었다.

광형은 열심히 책을 읽어 나중에 유명한 학자가 되었고, 한나라 원제의 재상 반열에 올랐다.

가난한 사람은 책으로 인해 부자가 되고,
부자는 책으로 인해 존귀해진다. —고문진보古文眞寶

알렉산더의 지혜

알렉산더가 이끄는 마케도니아 대군이 페르시아와 전쟁을 치르기 위해 사막을 건너고 있었다.

마침 물이 다 떨어져 알렉산더의 군사들은 목말라 죽기 일보 직전이었다.

그때 물이 고여 있는 작은 오아시스를 발견했다. 병사들이 오아시스로 달려가 물을 떠서 대장인 알렉산더에게 먼저 가져왔다. 그러나 알렉산더는 그 물을 마시지 않고 말했다.

"계급이 가장 낮은 병사부터 이 물을 마시게 하라. 나는 병사들이 다 마신 다음에 마시겠다."

오아시스에 고여 있는 물은 얼마 되지 않았기 때문

에 자칫 알렉산더는 물을 마시지 못할 수도 있었다.

　한편, 병사들은 대장이 아직 마시지 않았으므로 마음껏 물을 마실 수가 없었다. 그래서 조금씩 아껴 마신 결과, 알렉산더까지 마실 수 있었다.

자기 희생 없이 무엇을 이루려 함은
꽃피우지 않고 열매를 맺으려는 것과 같다. ―프랭클린

바퀴 만드는 일과 독서하는 일

환공이 대청마루 위에서 책을 읽고 있을 때, 마당에서는 수레바퀴를 만드는 기술자 편扁이 나무를 깎아 바퀴를 만들고 있었다. 그는 책을 읽고 있는 군주를 보고 호기심이 발동하여 물었다.

"군주께서는 무슨 책을 읽고 계십니까?"

"성인이 쓰신 책이라네."

"그 성인이 살아 계시나요?"

"벌써 돌아가셨지."

"그렇다면 군주께서 읽고 계시는 책은 옛 사람의 똥찌꺼기에 불과하군요."

환공이 화를 냈다.

"군주인 내가 책을 읽는데 너 같은 목공장이가 뭘 안다고 감히 지껄이느냐? 지금 한 말에 대해서 납득할 만한 설명을 하면 살려 주겠지만 그렇지 않으면 가만 두지 않을 테다.”

“황공하옵니다.”

편은 조용히 예를 올리고 말했다.

“바퀴 만드는 기술로 말씀드리지요. 나무를 깎아 바퀴를 만들 때, 튼튼하고 단단하고 둥글게 만들려면 아주 숙련된 기술이 필요합니다. 예를 들어 바퀴 살과 바퀴 통 사이를 헐겁게 꿰맞추면, 끼어 넣기는 쉽지만 느슨해서 금방 망가집니다. 그렇다고 너무 죄면, 튼튼하기는 하지만 끼워 넣을 방법이 없습니다. 이 때문에 바퀴의 통에 살을 끼워 맞추는 기술에는 작은 틈도 없어야 합니다. 이런 기술은 마음으로 터득한 다음에 숙련된 기교를 통해 길러집니다. 이는 말로 가르칠 수도 없고, 배우는 사람도 몸으로 익히지 않고서는 이어받을 수가 없습니다. 그래서 저는 올해 일흔인데 아직도 이렇게 바퀴를 만들고 있습니다.

그러나 환공께서 읽으시는 책의 성인은 벌써 죽었고, 그가 남긴 책도 옛것이 되어 버렸으니, 그 책이 옛 사람의 뱃속을 거쳐 나온 똥찌꺼기가 아니고 무엇이겠습니까?”

편의 말에 환공은 조용히 고개를 끄덕였다.

여우가 살아남은 이유

사자와 멧돼지와 여우가 사이좋게 사냥을 갔는데 뜻
밖에도 사냥을 많이 하여 다들 기분이 좋았다.

사자는 멧돼지에게 사냥감을 나누게 했다. 멧돼지가
똑같이 셋으로 나누어 사자에게 먼저 선택하라고 하자,
사자는 아무 말 없이 멧돼지를 잡아먹어 버렸다. 그리고
나서 다시 여우에게 분배하라고 일렀다.

여우는 대부분을 사자의 몫으로 주고, 자기는 조금만
차지했다.

그러자 사자가 지극히 흐뭇해 하
며 어째서 그렇게 나누었느냐고
물었다. 여우가 내뱉었다.

"멧돼지가 가르쳐 주었습니다."

광주호에서 | 2002 | 10F | 아크릴화

풀잎

– 휘트먼 Walt Whitman

한 아이가 두 손에 잔뜩 풀을 들고서
「풀은 무엇 인가요?」하고 내게 묻는다.
내 어찌 그 물음에 대답할 수 있겠는가,
나도 그 아이처럼 그것이 무엇인지 알 수 없다.
나는 그것이 필연코
희망의 푸른 천으로 짜여진
내 천성의 깃발일 것이라고 생각한다.
아니면, 그것은 주님의 손수건이나,
하느님이 일부러 떨어뜨린
향기로운 기념물일 터이고,
소유자의 이름이 어느 구석에 적혀 있어,
우리가 보고서 「누구의 것」이라고 알 수 있는 것이다.
또한 나는 추측하노니 ― 풀은 그 자체가 어린 아이
식물에서 나온 어린 아이일지 모른다.

– 시작부분

1819~92. 미국의 시인. 가난한 농부의 아들로 소학교를 중퇴한
채 온갖 일을 다 하면서 생계를 유지하다가 후에 저널리즘에 관계
하였다. 1853년경 에머슨의 영향으로 시를 써 문제의 시집 「풀잎」
을 출판하였는 바, 「풀잎」은 그의 철저한 개인주의 · 평등주의 · 우
애 · 육체의 찬미, 낙천성 등, 다면적인 성격을 보여준다.

36세였던 1855년에 개성적인 12편의 시를 발표했는데 그 시의 첫
부분이다. 이 시는 그의 대표작일 뿐만 아니라, 미국의 흙에 뿌리
를 내린, 미국 문학의 위대한 선구적 작품이다.

생선을 오래 먹으려고 뇌물을 안 받아

노나라의 재상 공의휴公儀休가 생선을 좋아한다는 말을 들은 관리들과 백성들이 앞다투어 광주리에 생선을 가득 담아 가지고 재상의 집으로 찾아갔다. 그런데 공의휴는 뜻밖에도 가지고 온 생선을 완곡하게 사양하는 것이었다.

공의휴의 제자가 말했다.

"선생님께서는 생선을 좋아하시면서 왜 받지 않으십니까?"

공의휴가 웃으며 말했다.

"생선을 좋아하기 때문에 받을 수가 없네."

제자가 무슨 뜻인지 몰라 다시 물었다.

"그게 무슨 말씀입니까?"

공의휴가 쉽게 설명했다.

"남이 보낸 생선을 그대로 받는다면 나는 왕을 배신하

고 뇌물을 받는다는
오명을 듣게 될 것
이네. 그러면 이 재
상의 자리를 지킬
수 없게 될 테고,
생선을 좋아해도 먹

을 수가 없을 게 아닌가. 또 내가 벼슬을 놓치고 명예가
떨어지게 되면 자네도 내 곁에 있기 힘들 걸세.”

그는 어떻게 하는 것이 나와 남, 나아가 모두를 위하는
것인지 아는 사람이었다.

교회 안에서 잃어버린 우산

영국의 한 작은 교회에서 일어난 일이다. 모두들 조용히 머리를 숙이고 묵도를 드리고 있었다.

그날은 아침부터 먹구름이 끼어 저마다 우산과 우의를 가져와 예배실 밖 현관에 걸어 두었다.

목사님께서 '간절한 마음으로 바라보며 기도하자'는 제목으로 설교를 끝냈다.

예배가 끝나자 사람들은 차례로 현관으로 나갔는데 모두 깜짝 놀랐다. 우산과 우의들을 걸어 둔 곳에 아무것도 보이지 않았기 때문이었다.

그들이 간절히 기도하는 틈에 좀도둑이 들어와 그것들을 슬쩍 해 갔던 것이다.

소란스럽고 혼란한 순간들이 한동안 계속되다가 잠잠해지자 교인 한 사람이 제안했다.

"다시는 도둑이 들어와 훔쳐가지 않도록 성경책을 우산을 두었던 자리에 꽂아 둡시다. 그럼 그들도 성경을 가져가 읽고 믿음을 갖게 될 게 아니겠습니까?"

재산은 자손을 방종시킨다

태자의 교육을 담당한 소광疏廣과 소수疏受와 함께 사직원을 냈다. 전한의 황제는 그것을 허락하고 재직시의 공로를 치하하여 많은 돈을 하사했다. 그런데 이 두 사람이 떠나기에 앞서 많은 벼슬아치들과 친구들이 모여 도신제道神祭(여행이 무사하기를 비는 제사)를 올리고, 송별연을 베풀었다. 전송하는 수레가 백 대나 될 정도로 매우 성대한 전송이었다.

고향으로 돌아온 두 사람은 하사받은 돈으로 친척들과 친구들을 모아놓고 날마다 잔치를 베풀었다. 그러면서도 자손들에게 유산으로 남기려는 생각은 조금도 하지 않았다.

안타깝게 생각한 부인이 자식들을 위해 재물을 아끼자고 하자 그가 말했다.

"재산이 많으면 비록 현인이라도 그 재산에 의지하여

수양을 게을리 하므로 결국에는 뜻마저 저버리게 되오. 만약 어리석은 자라면 더욱 방종하게 되고, 잘못까지 저지르게도 되는 것이오. 또, 부귀는 남의 원한을 사기 쉬운 것이므로 재산은 오히려 없는 편이 낫소. 나는 자손들이 뜻을 잃고, 잘못을 더하고, 남으로부터 원망받게 하고 싶지는 않소. 그래서 날마다 이렇게 없애는 것이오.”

그의 자손들은 모두 자기의 뜻을 굳건히 세워 훌륭한 사람이 되었다.

동가식 서가숙 東家食 西家宿

한 처녀에게 두 집에서 혼담이 들어왔다. 그 중 한 집은 동쪽에 있고, 한 집은 서쪽에 있었다.

그런데 동쪽 집의 아들은 돈은 많았으나 얼굴이 못생기고, 서쪽 집의 아들은 돈은 없어 가난했지만 인물만은 출중했다.

처녀의 부모는 맞선을 보러가는 처녀에게 말했다.

"만일 동쪽 신랑이 좋으면 저고리에서 왼편 팔을 빼고, 서쪽 신랑이 좋으면 오른편 팔을 빼라."

그리고는 선을 보는데 처녀는 한참 동안 곰곰이 생각하다가 양쪽 팔을 다 빼는 것이었다.

깜짝 놀란 부모가 무슨 뜻이냐고 물었다. 처녀 왈.

"낮에는 동쪽 집에 가서 먹고, 저녁에는 서쪽 집에 가
서 자고 싶단 말이에요."

욕심은 고통을 부르는 나팔이다. ─팔만대장경

목동과 왕의 대화

지혜롭기로 이름난 한 목동이 누가 무엇을 물어도 그 자리에서 척척 대답했다.

왕이 소문을 듣고 그를 궁궐로 불러들였다.

"이제부터 세 가지 질문을 하겠다. 만약 이 문제에 잘 대답하면 너를 양자로 삼아 이 궁전에서 살게 해주마."

목동은 왕의 말에 고개를 숙이고 대답했다.

"아는 대로 답변하겠습니다."

왕은 첫 질문을 던졌다.

"그럼 먼저, 바다에 물이 몇 방울이나 있는지 알아맞혀 보아라."

목동이 거침없이 대답했다.

"폐하, 지구상의 모든 강을 막으시어 제가 물방울을 다 헤아릴 때까지 한 방울의 물도 흘러 들거나 나가지 못하게 해주신다면 몇 방울이나 되는지 헤아리겠습니다."

왕이 고개를 끄덕이며 다시 물었다.

"그럼, 하늘에 별이 몇 개나 되는지 알아맞혀 보아라."

목동은 역시 거침없이 말했다.

"폐하, 커다란 종이 한 장을 주시옵소서."

종이를 가져오자 목동은 그 위에 붓으로 작은 점을 찍기 시작했다. 그렇게 한나절을 하니 그 점이 너무 작고 많아서 잘 보이지도 않고 헤아릴 수가 없었다. 목동은 그 종이를 들고 왕에게 말했다.

"이 종이에 있는 점만큼이나 많은 별이 있습니다. 폐하, 헤아려 보소서!"

그러나 아무도 그 점을 헤아리지 못했다.

"그럼 마지막으로 묻겠다. 우주가 생성되었다가 사라지는데 걸리는 시간을 아느냐?"

목동은 또 주저없이 대답했다.

"어떤 나라에 커다란 바위산이 있습니다. 이 산의 높이와 넓이가 각각 천 발입니다. 그런데 백 년에 한 번씩 천사가 내려와서 가벼운 날개옷으로 이 산을 쓸고 갑니다. 그렇게 해서 이 바위산이 다 닳아 없어지게 되면 그때가 바로 우주가 생성되었다가 사라진 만큼의 시간입니다."

왕이 감탄하며 목동에게 말했다.

"너는 현명한 성자처럼 훌륭한 대답을 했다. 약속대로 이제부터는 나와 이 궁전에서 살자꾸나. 너를 친아들처럼 대하겠다."

제3부
세상에서 가장 아름다운 삶 이야기

환희 | 1992 | 변형 6F | 수채+크레파스

귀뚜라미는 울고

- 디킨슨 Emily Dickinson

해는 지고
귀뚜라미는 운다.
일꾼들은 한 바늘씩
하루 위에 실마리를 맺었다.
얕은 풀에는 이슬이 맺히고
황혼의 나그네처럼
모자를 정중히 한쪽 손에 들고서
자고 가려는지 발을 멈췄다.

끝없는 어둠이 이웃 사람처럼 다가왔다.
얼굴도 이름도 없는 지혜가 오고,
동서 반구의 그림 같은 평화가 오고,
그리고 밤이 되었다.

1839~86. 영국의 여류시인. 그녀의 시는 그녀가 살아 있는 동안
에는 겨우 두세 편이 인쇄되었고, 죽은 뒤에 유고가 정리되어
1890년에 115편이 수록된 첫 시집이 출판되었고, 1896년에 이르
기까지 세 권의 시집이 간행되었다.

디킨슨의 시에는 죽음, 영원, 고통 등을 다룬 것이 많다. 정확한
비유와 선명한 이미지는 매우 효과적이어서 에이미 로웰은 그녀
를 가리켜 이미지스트의 선구자라고 했다.

5분의 위력

과수원의 사과나무에 주렁
주렁 열린 사과가 빠알갛
게 익기 시작했다. 과수
원 주인은 엽총까지 들
고 나와 울타리 뒤에 숨
어 도둑을 지켰다.

바로 그날 밤, 가장 탐
스럽게 익은 사과가 열린 나무 위로 한 소년이 살금살금
기어올라가는 것이 눈에 들어왔다. 그는 분노한 마음에
총을 겨누었다. 그 순간, 무슨 일을 행동으로 옮길 때에
는 5분만 참으라고 했던 목사의 말씀이 퍼뜩 떠올랐다.
그래서 잠시 생각했다.

5분간 참는 동안 그는 어린 소년에게까지 총을 겨눈
자기 자신이 너무 심했다는 생각이 들었다. 그는 총을

거두어 그냥 집으로 돌아왔다.

집으로 돌아온 그에게 놀라운 일이 벌어졌다.

그의 아내가 사과를 깎아 주며 말했다.

"여보, 우리 애가 참으로 기특하지 뭐예요. 아까 과수원으로 당신을 보러 나갔다가 가장 잘 익은 사과는 어른이 먼저 드셔야 한다며 이렇게 따왔어요."

그는 자기 아들을 도둑으로 오인하고 총을 쏠 뻔했음을 알고 가슴이 철렁했다.

그는 5분만 참으라던 목사에게 감사를 드렸다.

성실은 유리요, 신중은 다이아몬드다. ─모르와

바보 자식을 둔 아버지

바보 자식을 둔 아버지가 있었다. 그는 자식을 볼 때마다 측은하기도 하고, 때로는 미워지기도 했다.

아버지는 이 세상에 자기 아들보다 더 바보짓을 하는 자가 있겠냐 생각하니 괜히 심술이 나 아들에게 자기의 지팡이를 주며 말했다.

"너보다 더 못난 사람을 만나거든 주어라."

바보 아들은 자기보다 더 바보를 찾아다녔다. 그러나 아무리 찾아도 자기보다 못난 사람이 없었다.

할 수 없이 터덜터덜 돌아오니 아버지가 돌아가시려고 한다며 어머니가 울고 있었다.

바보 아들이 숨을 헐떡이는 아버지를 보고 물었다.

"아버지, 왜 그러세요?"

"저 세상으로 가려 한다."

"저 세상이 어딘데요?"

“모르겠다. 가봐야…….”

“며칠이나 걸립니까?

“모르겠다.”

“노자는 몇 푼이나 듭니까?”

“모르겠다.”

“언제 돌아오실 건데요?”

“그것도 모르겠다.”

아무리 물어도 아버지는 계속 모른다고만 했다.

그러자 아들은 아버지가 주었던 지팡이를 다시 돌려주며 말했다.

“아버지, 이것 받으세요.”

늙은 바보는 젊은 바보보다 더 큰 바보다. ―라 로시푸코

공자보다 나은 제자들

공자의 제자, 자하가 공자에게 물었다.

"안회는 사람됨이 어떻습니까?"

"인의仁義는 나보다 낫지."

자하가 또 물었다.

"자공은 어떻습니까?"

"말재주는 내가 따라갈 수가 없을 정도야."

"그럼, 자로는 어떤가요?"

"용기에는 내가 엄두도 못 내지."

"자장은요?"

"장중함은 나보다 나아."

자하는 일어나며 물었다.

"그들이 다 선생님보다 나은데 왜 선생님께 머리를 조아리고 스승으로 삼으며 배우고 싶어하지요?"

"앉거라, 말해 줄 테니. 안회는 인의를 말할 줄은 알지

만 변통을 모른다. 또 자공은 말은 잘하지만 겸손하지 못하다. 자로는 용감하지만 물러날 줄을 몰라. 그리고 자장은 장중하지만 남과 어울리지 못해. 그들은 각각 장점을 가지고 있지만 단점도 있다. 그래서 다 나를 선생으로 삼고 배우려 하는 거란다.”

결점 중에 가장 큰 것은 결점을 하나도 깨닫지 못하는 것이다. ―칼라일

태양의 신 아폴론과 미모사

그리스의 공주 미모사는 너무도 아름다워 미의 여신
마저 시샘할 정도였다. 그녀는 노래와 춤솜씨도 일품이
었다. 그러다 보니 성격이 교만해지고, 다른 사람들을
깔보는 등, 점점 안 좋게
변했다.

이러한 딸을 걱정하던
왕이 물었다.

"미모사야, 네가 진정
으로 자랑할 수 있는 게
무엇이냐?"

"저는 돈과 권력, 그리
고 아름다운 얼굴에 노
래와 춤, 누구와도 비교
될 수 없잖아요?"

자신있게 대답한 공주는 우쭐거리며 뜰로 나왔다.

그때 어디선가 은은하고 아름다운 피리 소리가 들려왔다. 미모사는 은근히 질투심이 끓어올라 소리가 나는 곳으로 발길을 옮겼다.

거기에는 아주 잘 생긴 소년이 피리를 불고 있었다.

소년을 본 순간 미모사는 온몸에 힘이 쭉 빠졌다. 그리고 너무 부끄러워 스르르 한 포기의 풀로 변해 버렸다.

소년이 풀이 된 공주를 어루만지며 말했다.

"가엾은 공주! 마음이 아름다웠더라면 사람과 동물, 그리고 한 포기의 풀도 사랑스럽게 보였을 텐데."

소년은 변장한 태양의 신, 아폴론이었다.

교만함과 우아함은 한 집에 살 수 없다. -풀러

뿔을 자랑하다 죽은 사슴

멋있는 뿔을 가진 사슴이 목이 말라 연못을 찾았다. 사슴은 물에 비친 자신의 크고 훌륭한 뿔을 보며 왕관처럼 자랑스러워했다. 그러다가 가늘고 긴 다리에 눈길이 닿자 혼잣말로 중얼거렸다.

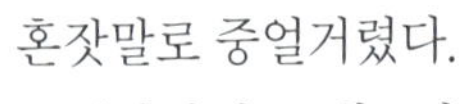

“하나님도 참, 이처럼 훌륭한 뿔을 주셨으면서 다리는 어쩜 이렇게 못생기게 만드셨을까?”

사슴은 가늘고 긴 다리가 무척 못마땅했다.

그때 갑자기 사자가 나타났다. 사슴은 가늘고 긴 다리로 번개처럼 도망쳤다. 어찌나 빠른지 사자는 제대로 쫓아오지도 못했다.

그런데 그만 자랑스럽게 생각하던 뿔이 나뭇가지에 걸리고 말았다. 아무리 발버둥을 쳐도 뿔이 빠지질 않았다.

그러는 동안 마침내 사자가 다가와 사슴의 목을 덥석 물었다. 사슴이 슬퍼하며 말했다.

"내 생각이 틀렸어. 가늘고 보잘것 없던 다리는 나를 살려주었는데, 크고 자랑스럽던 뿔이 나를 죽이는구나!"

인간의 판단은 운명이 기대는 쪽으로 기울어진다. ─채프먼

사랑도 격에 맞게 행해야

응석받이 공주가 있었다. 외동딸로 부족한 것을 모르고 자란 그녀는 자기 혼자밖에 몰랐다.

그녀가 시집갈 나이가 되어 마땅한 배필감을 구하던 중 이웃 나라의 왕자가 청혼을 해왔다.

그러나 왕은 공주를 가까이에 두고 싶어서 그 왕자를 물리치고 자기가 거느리던 장수와 혼인을 시켰다.

장수는 전쟁에 대비해서 군사들을 훈련시키다 보니 자연히 공주와 떨어져 있는 시간이 많았다.

공주는 그것이 불만이어서 틈만 나면 남편에게 전쟁이 일어날 것 같지 않으니 병사들의 훈련은 아랫사람에게 맡기고 궁에 함께 있자고 떼를 썼다.

장수는 처음에는 완강하게 거절했다. 그때마다 공주는 왕에게 달려가 남편이 오게 해달라고 간청했다.

결국 왕은 공주의 성화에 못 이겨 장수를 불러들였고,

또 장수는 왕에게 미움 받을까 두려워 공주에게로 갔다. 그러는 횟수가 잦아지는가 했더니, 나중에는 병사들의 훈련을 아예 아랫사람에게 맡기고 나가지도 않았다. 윗사람이 직무에 태만하자 아랫사람들은 말할 것도 없어, 훈련장이 그만 시중 잡배들의 놀이터처럼 되었다.

이웃 나라에서 많은 군사들이 쳐들어왔다.

훈련을 게을리 한 장수의 군사는 쉽게 패배했고, 결국 왕과 공주는 궁궐을 버리고 피난길에 올라야 했다.

태만은 악마의 베개다. ─아가집雅歌集

원수도 천거하고, 자식도 천거한 기황양

진晉나라 평공平公이 기황양祁黃羊에게 물었다.

"남양현에 현령 자리가 비었소. 당신이 보기에 누가 그 자리를 맡을 만하오?"

기황양은 조금도 주저하지 않고 대답했다.

"해호解狐라면 잘 해낼 것입니다."

평공이 놀라 물었다.

"해호는 당신의 원수가 아니오?"

"군주께서는 누가 적임자인가를 물으셨지 제 원수가 누구인가를 물으신 게 아니잖습니까?"

그래서 평공은 해호를 남양 현령으로 삼았다.

해호는 백성들을 열심히 가르치고 격려하여 기운 민심을 단번

에 바로 잡았으므로 대단한 칭송을 받았다.

얼마 지나지 않아 평공이 또 기황양에게 물었다.

"법관 자리가 비었소. 누가 적임자라고 생각하시오?"

"기오祁午라면 잘 해낼 것입니다."

평공이 이상해서 물었다.

"그는 당신의 아들이 아니오? 당신이 자기 아들을 추천하다니, 두고두고 남의 이야깃거리가 될까 걱정이오."

"군주께서는 누가 법관을 맡을 만한가를 물으셨지, 기오가 저의 아들인가를 물으신 게 아니지 않습니까?"

법관이 된 기오는 신중하게 법을 집행하여 관리와 백성들 공히 기강을 바로 세웠다.

공자가 이 말을 듣고 칭찬했다.

"그래, 기황양이 인재를 천거할 때 밖으로는 자기 원수도 피하지 않고, 안으로는 자기 자식도 꺼리지 않았으니 정말로 공평무사한 사람이로다."

한쪽으로 치우치지 않는 것을 중中이라 하고,
바뀌지 않는 것을 용庸이라 하니, 중이란 천하의 정도이고,
용이란 천하의 정해진 이치이니라. ─증자

영산강 | 2002 | 10F | 아크릴화

작은 새

- 푸쉬킨 Aleksandr Sergeevich Pushkin

머나먼 마을에 이르러
고향의 풍습에 따라
청량한 봄철 축제일에
작은 새 놓아 주노라.
비록 한 마리 새지만
산 것에 자유를 주고
아쉬운 생각 없으니
내 마음은 평화로와라.

1799~1837. 러시아 시인. 진실한 러시아 정신, 러시아 사회의 현실적 모습을 제시함으로써 러시아에 국민문학을 창시했다. 협의의 고전주의 문학을 청산하고 낭만주의를 거쳐, 사실주의의 기초를 쌓았고, 러시아어의 문학어와 독자적인 예술 형식을 후세에 남겨놓은 공적은 불멸하다.

러시아 농민들 사이에는 부활절이 되면 세를 놓아 주면서 행복을 비는 풍습이 있다. 제3행의 「봄철 축제일」은 부활절.

원님의 뺨을 친 수도자

한 수도자가 시주를 위해 어떤 집으로 들어갔다. 그러나 시주를 받기는커녕 심성이 고약한 그 집 주인한테 뺨만 한 대 얻어맞았다. 수도자는 너무나 분하여 집 주인의 멱살을 잡고 관가로 끌고 갔다. 그런데 원님은 때린 사람의 삼촌이었다.

원님은 뚱뚱한 몸을 버티고 앉아 두 사람을 번갈아 보면서 한참 뜸을 들이다가 말했다.

"그래, 이 사람이 수도자를 때렸단 말이지? 그렇다면 벌금으로 수도자에게 한 푼을 주거라."

"뭐라구요? 원님, 한 푼이라니, 일 전을 말하시는 겁니까?"

수도자는 너무 싼 벌금에 혹시 잘못 들은 게 아닌가 하고 물었다.

"그렇다. 내 판단으로 그 정도면 충분하다."

순간, 수도자가 번개처럼 원님의 뺨을 후려쳤다.

얻어맞은 원님은 화가 머리끝까지 났다.

"이놈, 무엄하게 이게 무슨 짓이냐?"

수도자가 태연하게 말했다.

"벌금이 너무도 싸서 부담이 아니 되겠기에 저도 한 번 때려 보았습니다. 제가 원님을 때린 벌금은 이분에게서 받으십시오. 그럼 저는 이만 물러갑니다."

법은 가난한 자는 학대하고, 부자는 모신다. −스미스

한 학자가 자기는 유명해지는 것을 싫어한다고 제자
들에게 강조했다.

"이름 없이 학문만 닦는 선비가 되어야 한다. 명예나
명성에 결코 현혹되지 마라."

그럴수록 그의 이름은 더욱 유명해져서 그를 따르는
사람들이 수백, 수천 명이 되었
다.

그러나 그는 여전히 유명해지
기 싫다고 강조했고, 급기야는
자기를 찾지 말라는 쪽지를 남긴
채 산속으로 숨어 버렸다. 그러자
사람들이 그를 찾아나섰다. 찾기
힘들 것이라고 생각했던 학자는
의외로 쉽게 찾을 수 있었다. 학자

는 산으로 숨으면서 뒤따르는 사람이 찾아오기 쉽게 발
자국이 잘 찍히는 곳으로만 걸었다.

진실은 모든 사람의 외침이지만,
몇 사람에게는 농담에 불과하다. ─써클리

백화점 왕 패니의 판매 교육

백화점 왕, 패니에겐 어릴 적의 아픈 기억이 있었다. 그가 셔츠를 사기 위해 어느 가게에 갔을 때였다. 점원이 진열장의 셔츠를 여러 개 끄집어내 보여 주었으나 마음에 드는 것이 없었다. 하지만 마음이 약한 그는 미안한 생각이 들어 거절을 못하고 마음에도 없는 셔츠를 하나 사고 말았다.

상점을 나서자 스스로 화가 치밀었다. 물건을 사도록 심리적 부담을 준 점원도 미웠지만, 그것을 거절 못하고 꾐에 넘어간 자신이 더 바보스러워 견딜 수가 없었다. 그래서 그 셔츠를 남에게 주어 버리고, 다시는 그 상점에 가지 않기로 결심했다. 그런데 그때의 경험이 패니의 사업에 큰 영향을 주었다.

'백화점을 만들자. 누구든 부담없이 물건을 살 수 있는 마음 편한 백화점을.'

그는 직접 나서서 판매원 교육을 할 때마다 종업원들에게 고객의 심리적 약점을 이용하지 말라고 강조했다. 그리고 하나만 팔고 마는 장사는 크게 번창할 수 없다는 자신의 경험을 늘 강조했다.

이후 그의 백화점이 크게 번창하는데까지 걸린 시간은 그리 길지 않았다.

성실함은 하늘의 도道요,
성실해지려고 노력하는 것은 사람의 도道이니라. ―자사子思

물 한 방울로 죽은 광대

중세기 서양의 왕들은 광대를 한 명씩 거느렸다.

광대는 왕의 기분을 풀어 주기 위해 농담도 하고 너스레도 떨었다. 아무도 왕에게 무례하게 굴 수 없지만 이들만큼은 예외였다.

한 번은 한 어릿광대가 왕에게 너무 지나친 농담을 해서 왕이 몹시 화가 났다. 그래서 혼을 내줘야겠다고 생각하고 어릿광대에게 말했다.

"너무 건방지구나. 왕을 우롱한 죄로 사형에 처하겠다."

어릿광대는 농담인 줄 알고 대수롭지 않게 여겼다.

"하하하 전하, 저에게 거짓말을 하시면 벌받습니다요."

어릿광대는 여전히 농담을 했

다.

그때 갑자기 시퍼런 칼을 든 사형 집행관이 들어왔다. 집행관은 어릿광대의 무릎을 꿇게 하고 가리개로 눈을 가렸다. 그리고 목을 길게 내밀게 했다.

어릿광대는 순간 아찔했다. 눈에서는 눈물이 흘러내렸지만 혀가 굳어 아무 말도 할 수가 없었다.

이윽고 왕의 날카로운 음성이 들렸다.

"그놈의 목을 쳐라!"

순간 어릿광대의 목에 칼 대신 차가운 물 한 방울이 뿌려졌다. 왕은 어릿광대를 혼내주기 위해 연극을 꾸몄던 것이다. 왕은 껄껄 웃으면서 말했다.

"네 이놈! 다시는 함부로 지껄이지 말렷다!"

그러나 어릿광대는 대답을 하지 않았다. 그는 공포와 두려움으로 이미 숨을 거두어 버린 것이다.

공포는 이 세상에서 가장 큰 눈을 가지고 있다. -파스테르나크

우리도 벌금을 내야 할 사람들

노인이 아침을 굶고 점심 때가 되어 어느 빵가게 앞을 지나다가 먹음직스런 빵을 보고 군침을 삼켰다.

노인은 참다 못해 가게로 들어가 진열장에 들어 있는 빵을 훔쳤다. 이를 본 빵가게 주인이 노인을 경찰서로 넘겼다. 노인은 결국 재판을 받게 되었다.

재판관이 물었다.

"어찌하여 남의 가게에서 물건을 훔쳤습니까?"

노인은 눈물을 흘리면서 말했다.

"아침을 굶어서 너무 배가 고파 나도 모르게 그만 저질렀습니다."

이 말을 듣고 재판관은 마음이 아팠다. 그러나 법을 어겼기 때문에 어쩔 수 없었다.

"할아버지의 처지는 딱하나 법을 어겼으니 그만한 벌을 받아야 합니다. 벌금 2백 달러를 내십시오."

재판관은 일어서면서 자기 호
주머니에서 2백 달러의 돈을 꺼
내 노인의 손에 쥐어 드렸다. 그
리고 참석한 사람들에게 말했다.
"여러분, 우리 모두 이 할아버
지가 빵을 훔치지 않으면 안 되
는 이 도시에 사는 죄로 다같이
벌금을 내십시다."
하여 노인이 법정을 나올 때에는 천오백 달러라는 큰
돈을 호주머니에 담고 있었다.

한 자루의 양초로 많은 양초에게 불을 옮겨 붙여도
첫양초의 불빛은 약해지지 않는다. ―탈무드

꽃과 언약 | 1993 | 6F | 유화

인생 찬가
- 롱펠로우 Henry Wadsworth Longfellow

우리가 가야 할 곳, 또한 가는 길은
향락도 아니요, 슬픔도 아니다.
저마다 내일이 오늘보다 낫도록
행동하는 그것이 목적이요, 길이다.

예술은 길고 세월은 빨리 간다.
우리의 심장은 튼튼하고 용감하나
싸맨 북소리처럼 둔탁하게
무덤 향한 장송곡을 치고 있느니.

이 세상 넓고 넓은 싸움터에서
길고 긴 인생의 노정에서
발 없이 쫓기는 짐승처럼 되지 말고
싸움에 이기는 영웅이 되라.

아무리 즐거워도 「미래」를 믿지 말라!
죽은 「과거」를 매장하라!
활동하라, 살아 있는 「현재」에 활동하라!
안에는 마음이, 위에는 하느님이 있다.
　　- 「인생 찬가」의 일부

1807·82. 미국 메인 주의 포틀랜드에서 출생. 보든 대학 재학 때는 「주홍글씨」의 작자 나다니엘·호오손과 동창이었고, 뒷날 명문 하바드대학의 교수가 되었다. 그의 시는 생전에도 인기가 대단하여 「마일즈 스탠디쉬의 청혼(1858)」의 경우 출간 첫날 보스턴에서만 1만 5천 부가 팔렸다.

그는 평소 낙천적 경향이었는 바, 이 시에서는 이상주의적인 경향을 보여주고 있다.

암행어사와 재판 놀이하는 아이들

암행어사 박문수가 남쪽 지방의 한 마을을 지나게 되었다. 그런데 동구 밖에서 그 마을의 서당 아이들이 옹기종기 모여 원님놀이를 하고 있었다. 박문수는 그 모습이 너무도 재미있어서 몰래 숨어서 엿보았다.

원님이 된 한 아이가 근엄한 표정으로 높은 곳에 앉아 있고, 좌우에 군졸인 듯한 두 아이가 긴 막대기를 세워 짚고 서 있었다.

잠시 후에 한 아이가 원님 앞에 나와 절을 하고는 안타깝게 호소했다.

"나리, 방금 전에 가지고 있던 귀여운 새 한 마리를 놓쳤습니다. 어떻게 하면 붙잡을 수 있겠습니까?"

박문수는 원님의 판결이 몹시 궁금했다. 그것은 자신으로서도 쉽게 해결할 수 없는 어려운 문제였다.

원님이 된 아이가 잠깐 생각하더니 위엄 있게 말했다.

“새를 놓쳤다고? 참으로 딱한 일이로구나. 그 새는 분명 산으로 도망쳤을 테니 당장 그 산을 잡아 오도록 해라!”

박문수는 ‘그렇지’ 하고 무릎을 탁 쳤다. 정말 멋진 판결이었다. 감탄한 박문수는 원님 노릇을 하는 아이가 너무 총명스러워 머리를 쓰다듬어 주었다. 그러자 그 아이가 정색을 하며 박문수에게 호통을 쳤다.

“무엄한지고! 웬 놈인데 함부로 관청에 들어와 감히 원님의 머리를 만지느냐? 여봐라, 이자를 잡아다 당장 감옥에 가둬라!”

명령이 떨어지기가 바쁘게 아이들이 우르르 달려들었다. 박문수는 졸지에 꽁꽁 묶여 헛간에 갇히는 신세가 되고 말았다.

박문수는 아이들의 진지함에 숙연해졌다.

잠시 후, 놀이가 끝나자 원님 역할을 맡았던 아이가 박문수를 찾아와 공손히 절을 하며 말했다.

“저희들이 무례하게 굴어서 죄송합니다. 비록 놀이이기 하지만 진실된 태도를 길러야 훗날 법을 잘 지키는 사람이 된다고 생각합니다. 그래서 어르신께 무례를 범한 것이오니 용서해 주십시오.”

아이의 정중한 태도에 박문수는 다시 한번 감탄을 했

다. 박문수는 그 길로 그 아이의 부모를 찾아가 아이의
장래를 책임지고 보살펴 주고 싶다는 뜻을 전했다.
　훗날 그 아이는 박문수의 가르침 아래 국사를 맡아 일
하는 훌륭한 인물이 되었다.

법은 대중의 이익을 위해, 인류의 경험 위에서 행동하는,
인간 지혜의 최종 결정체다. ─존슨

탈레스의 피라미드 높이 재기

달이 태양을 가려 지구에서 태양을 볼 수 없는 때를 일식이라고 한다. 오늘 날에는 일식이 왜 생기는지를 알고 있지만 옛날 사람들은 괴물이 태양을 먹어서 생기는 일이라고 생각했다. 그래서 하늘에 활을 쏘아 태양을 구해 보려는 부질없는 시도를 하기도 했다.

그런데 당시에도 일식이 왜 생기며, 또 언제 일어날지를 정확히 예측한 사람이 있었다. 바로 그리스의 철학자이자 과학자인 탈레스였다.

탈레스는 기원전 585년 봄, 다가오는 5월 28일에 하늘이 일순간 어두워지리라고 예언했다. 그러자 사람들이 모두 그를 미친 사람이라고 비웃었다.

마침내 그가 말한 5월 28일이 다가왔다.

그날 소아시아에서는 미야인과 라디아인이 치열하게 싸우고 있었다. 양측이 한창 싸우고 있는데 오전 내내

맑던 하늘이 갑자기 캄캄해지기 시작했다. 이를 보고 놀란 양측은 하늘의 노여움을 샀다고 생각하고 즉시 군대를 거두고 강화조약을 맺었다. 이 소식을 들은 탈레스가 껄껄 웃으면서 말했다.

"싸움을 그만둔 것은 좋은 일이다만 전쟁이 일식과 무슨 관계가 있다는 건가?"

또한 탈레스는 피라미드의 높이를 과학적인 방법으로 알아낸 사람이다.

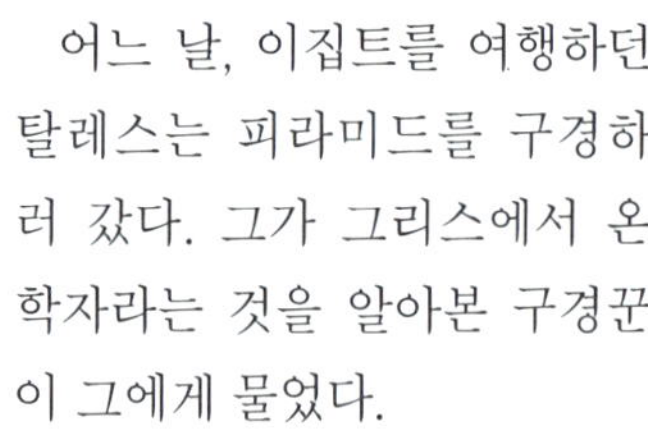

어느 날, 이집트를 여행하던 탈레스는 피라미드를 구경하러 갔다. 그가 그리스에서 온 학자라는 것을 알아본 구경꾼이 그에게 물었다.

"당신은 피라미드의 높이를 잴 수 있습니까?"

"물론이지요. 아주 간단합니다."

탈레스의 태연한 대답에 주위에 있던 사람들이 모두 웃었다. 그러나 탈레스는 아무 말 없이 똑바로 서서 자신의 그림자의 길이와 키가 같아졌을 때를 기다렸다가 피라미드의 꼭대기, 삼각형 그림자의 맨 끝에다 표시를 했다.

그리고 피라미드 밑의 중심에서 표시해 놓은 곳까지의 거리를 재보고, 피라미드의 높이를 알려 주었다. 하지만 사람들이 아직도 이해가 되지 않는다는 표정을 짓자, 탈레스가 설명하기 시작했다.

그는 '사람의 그림자가 그 사람의 키 높이와 같을 때' 피라미드의 그림자를 쟀으므로 '피라미드의 그림자는 피라미드의 높이'가 되는 이치를 설명했다.

"피라미드의 그림자만 재면 그 높이를 알 수 있습니다."

이 말이 끝나자 주위에 모여 있던 사람들 속에서 환성과 박수가 터졌다.

이렇게 일식의 원인과 피라미드의 높이를 잴 정도로 기하학에도 정통했던 탈레스는 기원전 640년에 태어났다. 그의 아버지와 어머니는 모두 귀족 출신으로 탈레스를 어릴 때부터 이름 있는 학자들에게 보내 교육을 받게 했다. 그는 교육과 자신의 노력을 통해 스승들보다 더 유명한 학자가 되었다.

과학은 고참병이 신병을 구별하듯 골라내는 단련되고 조직화된 상식이다. ―헉슬리

밀레 〈이삭 줍기〉의 모델, 룻

밀레가 그린 〈이삭 줍기〉의 주인공 룻은 젊은 시절에 남편을 여의었다. 그래서 청상 과부로 살면서 시어머니인 나오미를 극진히 모셨다.

한번은 나오미가 두 과부 며느리를 불러놓고 말했다.

“나는 고국으로 돌아가려고 하는데 너희들도 각자 소원대로 혼처를 구해서 다시 결혼하도록 해라.”

그러자 오르바는 시어머니에게 절하고 갔으나 효부 룻은 돌아가기를 거절했다.

“돌아가라 강권하지 마소서. 어머님께서 가시는 곳에 저도 가고, 유숙하시는 곳에 저도 유숙하겠나이다.”

그렇게 시어머니 모시기를 고집했다.

그녀는 이삭을 주워 시어머니를 봉양했다.

훗날 시어머님의 배려로 보아스라는 사람과 재혼을 했는데, 이 룻이 예수의 족보에 올라 청사에 빛나게 되었다.

큰 자비는 사랑하지 않는 것이 없고,
큰 효도는 존경하지 않는 것이 없다. ─대각국사

촛불 하나도 아낀 모어

영국의 학자 모어는 부모로부터 받은 유산도 있었지
만 자기가 서적을 출판하여 상당한 이익을 남겼다. 그리
고 강의하러 다닌 대학에서도 적지 않은 수입이 있어서
많은 사람들이 그를 부자라고 불렀다.

그러나 모어는 먹는 것이나 입는 것이나 매우 절약했
고 검소했다.

한 번은 런던에 있는 한 여자모임에서 문맹을 퇴치하
고 미신을 타파하기 위해 모금을 하게 되었다. 그래서
직원 세 사람이 재산가를 방
문, 운동의 취지를 설명하
고 기금을 요청하기로
했다. 그 중에 한 여자가
모어 선생을 방문하겠
다고 하자 다른 직원들

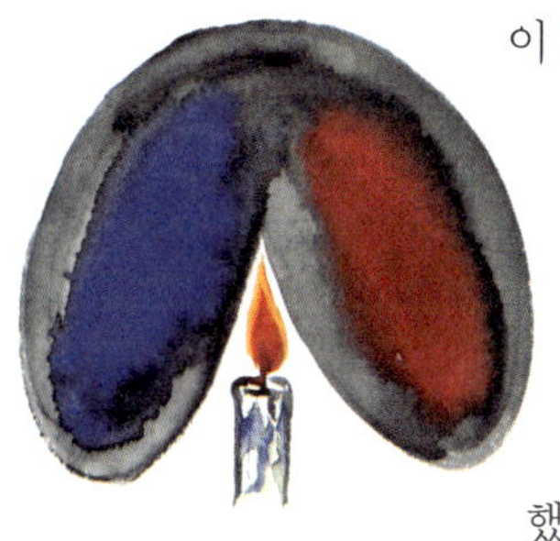

이 반대했다.

"모어 선생은 깍쟁이라서 방문할 필요조차 없어."

그러나 그 여자는 다음 날 저녁에 다른 동료 두 명과 함께 모어의 집으로 향했다.

모어는 마침 두 개의 촛불을 켜놓고 원고를 쓰던 중이었다.

여자 셋이 들어가 애기를 시작하자 모어는 촛불 하나를 껐다. 모어가 잠깐 옆방에 다녀오는 사이, 그를 깍쟁이라고 말했던 여자가 낮은 목소리로 말했다.

"손님이 왔는데 켰던 촛불을 꺼버리는 것만 봐도 깍쟁이 표가 나잖아. 그런 사람에게 어떻게 돈을 받아내?"

모어는 손님들의 방문 취지를 다 듣고 나더니 총비용과 지금까지의 모금액이 얼마냐고 물었다. 아직 모금된 것이 없다고 말하자 모어가 말했다.

"총비용의 절반은 내가 내지요."

이 말에 그들은 깜짝 놀랐다.

"선생님, 저희들은 처음에 선생님께서 켰던 촛불 중에 하나를 끄시는 것을 보고 공연히 왔다는 생각을 했는데, 그렇게 많은 돈을 기부하시겠다 하니 너무도 감사해서 무어라 드릴 말씀이 없습니다."

모어가 말했다.

　　"혼자 있으면서 촛불을 두 개 켠 것은 글을 쓰는데 필요해서였지만, 앉아서 얘기하는데는 하나로 충분하기 때문입니다. 내가 절약하고 검소하게 생활비를 아꼈기 때문에 이렇게 기부금을 낼 수 있는 것입니다."

절약은 인생을 가장 좋게 만드는 기술이고,
모든 덕성의 근원이다. ─버나드 쇼

코르자크 선생의 동상

　제2차 세계대전 때 폴란드의 작은 마을에서 있었던 일이다. 당시 이 마을은 독일군이 점령하고 있었다. 독일군은 유태인을 보는 대로 잡아다 처형했기 때문에 이 마을에 사는 유태인들은 매일 불안에 떨어야 했다.

　그러던 어느 날, 독일군이 학교에까지 찾아와 학생들 중에서 유태인 어린이들을 끌어내려고 했다. 독일군의 무시무시한 기세에 유태인 어린이들은 벌벌 떨며 선생님에게 달려가 매달렸다.

　"선생님, 저희들을 살려 주십시오."

　코르자크 선생은 유태인 어린이들을 두 팔

로 꼭 안고는, 아무 죄도 없는 아이들을 왜 잡아가느냐
고 항의했다. 하지만 아무 소용이 없었다.

아이들은 코르자크 선생 팔에 더욱 세게 매달렸다.

"무서워하지 마라. 하나님께 기도드리면 마음이 좀 편
안해질 거야."

군인들은 독일인은 괜찮다며 무릎을 꿇고 기도하는
코르자크 선생에게서 유태인 어린이들만을 데려가려 하
자 선생이 소리질렀다.

"나도 함께 가겠소!"

그리고는 아이들에게 말했다.

"자, 두려워하지 마라. 선생님도 같이 갈 거야."

코르자크 선생은 아이들과 함께 트럭에 올라탔다. 다
시 군인들이 끌어내리려 하자 그는 완강히 버티며 말했
다.

"내가 가르치던 사랑하는 어린이들인데 어떻게 그들
만 죽게 내버려 둘 수 있단 말이오."

그리고는 끝내 아이들과 함
께 강제 수용소로 갔다.

마침내 트레물렌카의 가스실
앞에 도착했다. 코르자크 선생
은 아이들의 손을 꼭 잡고 가스
실 안으로 함께 들어갔다.

그는 유태인이 아니었지만
사랑하는 제자들의 두려움을

조금이라도 덜어 주려고 함께 목숨을 버렸던 것이다.

지금도 히틀러에게 학살된 동포들을 기념하기 위해 유태인들이 예루살렘에 세운 기념관 뜰에는 겁에 질려 떨고 있는 제자들을 두 팔로 껴안고 있는 코르자크 선생의 동상이 있다.

자신에게 죽음의 명령을 내릴뿐만 아니라
죽는 방법도 알고 있는 사람만큼 위대한 사람은 없다. ―세네카

다섯 손가락이 소중한 까닭

다섯 손가락이 모여서 서로 자기가 최고라고 다투었
다.

먼저 엄지손가락이 큰소리로 말했다.

"사람들이 최고라고 표현할 때 나를 앞으로 쑥 내미는
거, 봤지? 내가 최고이기 때문에 그러는거야"

검지손가락이 콧웃음을 치며 나섰다.

"무슨 소리야. 나야말로 주인이 나갈 방향을 가리켜
주니까 내가 최고지."

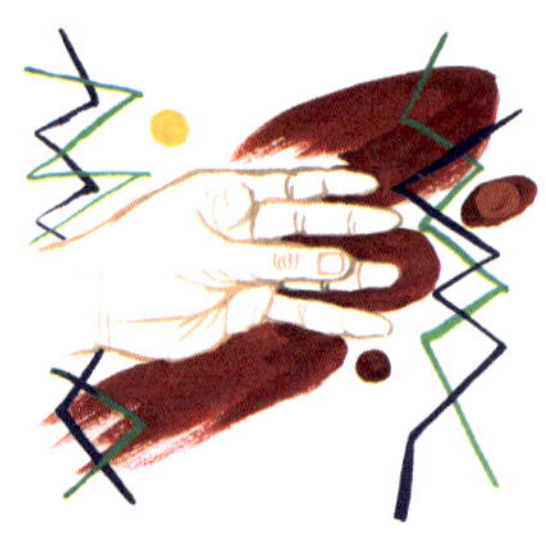

이번엔 가운뎃손가락이 말
했다.

"시끄럽네. 이 중에서 나
보다 더 힘이 센 놈 있으면
나와 봐."

옆에 있던 약지손가락이 가

날픈 몸을 흔들며 끼어들었다.

"나는 값비싼 보석 반지를 끼는 몸이라구. 그러니까 내가 제일이야."

이때 다른 손가락의 말을 잠자코 듣고 있던 새끼손가락이 조용히 말했다.

"잘들 났군. 하지만 만약 내가 없으면 모두들 병신이라는 소리를 듣게 될 걸?"

사람은 저마다 아름다움이 있고, 개성이 있고, 할 일이 있다. 따라서 필요하지 않은 사람, 필요하지 않은 부분은 없다.

개성과 인간과의 관계는 꽃과 향기의 관계다. ─시워브

극락강에 뜬 낮달 | 2002 | 10F | 아크릴화

가을의 노래

- 보들레르 Pierre Charles Baudelaire

이윽고 우리는 가라앉을 것이다, 차디찬 어두움 속으로.
너무나도 짧은 우리의 여름날, 그 강렬한 밝음이여 안녕히!
불길스러운 충격을 전하며 안마당 돌 블록 위에 던져지고 있는
모닥불 타는 소리를 나는 벌써 듣는다.

이윽고 겨울 그것이 내 존재에 돌아오리니, 분노와 증오와
전율과 공포와 강제된 쓰라린 노고
그리고 북극의 지축에 걸린 태양과 같이
나의 심장은 이제 언 붉은 한 덩어리에 지나지 않게 되리라.

던져지며 떨어지는 장작더미 하나하나를 나는 떨면서 듣노니
세워진 단두대의 울림조차 이렇듯 둔탁하지 않다.
나의 정신은 성문을 파괴하는 무거운 쇠망치를 얻어 맞고
허물어지는 성탑과도 같아라.

  - 시작부분

1821~67. 프랑스 파리에서 태어났으나 어렸을 때 부친이 죽고,
젊은 모친이 재혼하는 아픔을 겪었다. 1857년에 처음이자 마지막
시집인 「악의 꽃」을 출판했는데 미풍양속을 해치는 것으로 벌금이
과해졌다. 그 후, 병과 빛에 시달리다가 비참한 일생을 마쳤다. 베
를렌느·말라르메와 더불어 19세기 3대 서정시인의 한 사람으로
서, 그 영향이 상징주의를 거쳐 현대시에 이르기까지 지대한 영향
을 끼쳤다.

이 시에 나오는 초록눈의 미인은 보들레르가 누이동생처럼, 또 어
머니처럼 사랑하고 있던 여배우 마리도보랑이다.

아이들의 눈높이에서 봐야

영국의 대영박물관에 젊은 신사가 들어왔다. 그는 작품 앞에 가서 엉거주춤한 자세로 서서 작품들을 꼼꼼히 감상하고 돌아갔다.

다음 날, 그 신사가 한 무리의 아이들을 데리고 또 왔다.

그는 아이들에게 바로 전날의 그 엉거주춤한 자세로 설명해 주고 있었다. 박물관 직원이 그에게 물었다.

"선생님, 어제도 그러시더니, 왜 허리를 구부리고 작품을 감상하십니까?"

선생님이 대답했다.

"아이들이 볼 수 있는 눈높이에서 봐야 작품들을 정확

히 보고 설명해 줄 수 있으니까요.”

경서經書를 가르치는 스승은 만나기 쉬우나,
사람을 인도하는 스승은 만나기 어렵다. -사마광

습관의 노예

어린 코끼리는 유약하여 힘이 없다. 그래서 코끼리를 길들이려면 어릴 때부터 묶어 키운다. 또 큰 코끼리는 잡아다 곽 속에 가두고 튼튼한 쇠사슬로 묶어 놓는다. 그렇게 해서 아무리 몸부림쳐 봐도 소용없다는 것을 알게 되면 나중에는 작은 끈으로 묶어 놓아도 얌전하다.

거대한 몸집의 어미 코끼리는 웬만한 말뚝쯤은 쉽게 뽑고 도망칠 수 있지만 전혀 뽑고 도망칠 생각을 않는다. 이런 코끼리처럼 고난과 어려움에 길들여진 인간도 그렇다. 인간 각자에게는 숨겨져 있는 무한한 능력이 있다. 그러나 개발하려고 생각조차 않는다. 아예 포기의 상태에 있다.

삶에 지친 인간은 굳어 버린 습관과 갖가지 자기 합리
화로 안일함의 말뚝에 매여 살기를 원한다.

인간은 세상에 두 번 태어난다.
하나는 신체의 탄생이요, 또 하나는 정신적 자아의 탄생이다. ―안병욱

끝없는 욕망

온종일 밥을 굶던 사람이 밥 한 그릇을 얻어 먹고 나면 옷 생각이 나고, 또 옷 한 벌을 얻어 입고 나면 여자 생각이 난다. 그러다가 장가라도 들면 논밭 생각이 나고, 논밭이 생기게 되면 타고 다닐 말 생각이 난다. 백방으로 힘써 말단 벼슬이라도 하나 얻으면 재상자리가 욕심난다.

이런 사람들의 탐욕을 무엇으로 채울 수 있을까? 인간의 모든 비애는 이 끝없는 탐욕에서 시작된다.

그래서 복이 있어도 다 누리지 말라고 한다. 복이 다하면 그때부터는 빈곤해지기 때문이다. 권세가 있어도 함부로 남용하지 말라고 한다. 권세가 다하면 원한을 가진 자의 보복이 오기 때문이다. 복이 있거든 아끼고, 권세가 있거든 겸손하라고 타이른다. 인생에 있어서 교만과 사치는 대부분 끝이 좋지 못하다.

어진 사람이라도 재물이 많으면 인격에 손상이 오고, 어리석은 사람에게 재물이 많으면 자칫 죄를 저지른다.

그릇이 차면 넘쳐 흐르고, 생활이 넉넉해지면 쓸데없는 짓을 하게 된다.

또, 기아飢餓에 발도심發盜心이요, 포식飽食에 사행심射倖心이라고 했다. 굶주리면 도둑이 되고, 배부르면 재미있는 것을 찾는다는 얘기다. 밥 먹으면 노비 부리고 싶고, 말 타면 가마 타고 싶다는 말이다.

빈곤은 많이 원한다.
그러나 탐욕은 모든 것을 원한다. ―푸불릴리아수 시루스

못 이룬 사랑의 꽃, 장미

희랍에 향수 장수가 있었다. 그는 워낙 구두쇠라 집안
식구들에게는 일체 향수를 쓰지 못하게 했다.

그런데 이 향수 장수에게는 로사라는 예쁜 외동딸이
있었다. 로사는 얼굴도 예뻤지만 마음도 착해서 불쌍한
사람들을 보면 그냥 지나치는 법이 없었다.

로사는 자기 집의 정원사인 바틀레이 청년을 사랑하
고 있었다. 바틀레이는 아침마다 향수를 땄는데, 그 중
에 가장 좋은 향수로만 한 방울씩 로사에게 몰래 갖다주
었다.

몇 년이 지나자 로사의 향수 단지는 바틀레이가 준 향
수로 가득 차게 되었다.

이때 이웃 나라와 전쟁이 일어나 젊은이들이 모두 싸
움터로 나가게 되었다. 바틀레이도 전선으로 나가야 했
다. 로사는 슬펐지만 조국을 위해서는 어쩔 수없는 일이

라서 바틀레이를 기다리기로 했다. 그리고 그가 했던 것처럼 날마다 밭에 나가 가장 좋은 향수를 한 방울씩 모으기 시작했다. 바틀레이에게 선물할 생각이었다.

어느덧 전쟁이 끝나고 싸움터에 나갔던 젊은이들이 하나 둘씩 돌아왔다. 그런데 바틀레이만은 돌아오지 않았다.

그러던 어느 날, 웬 낯선 용사가 찾아와 로사에게 하얀 상자를 건네주며 말했다.

"저는 바틀레이의 친구입니다. 그로부터 아름다운 로사 아가씨의 말을 많이 들었습니다. 정말 뭐라고 위로의 말씀을 드려야 할지 모르겠군요."

"그럼 바틀레이는?"

"불행하게도 전사하고 말았습니다. 죽기 전에 바틀레이는 자기가 죽거든 유해를 로사 아가씨에게 전해 달라고 했습니다. 그래서 이렇게 가지고 왔습니다."

로사는 통곡했다. 그리고 바틀레이에게 주기 위해 지금까지 모아 두었던 향수를 그의 유해 위에다 뿌렸다.

이 광경을 본 로사 아버지는 눈이 뒤집히고 말았다. 값비싼 향수를 함부로 없앤다고 생각했던 것이다.

로사의 아버지는 홧김에 딸의 향수에 성냥불을 그어 댔다. 순간 불이 눈 깜짝할 사이에 로사에게 옮겨 붙어 로사는 그만 불에 타 죽고 말았다.

그 다음 해부터 로사가 타 죽은 자리에서 붉은 꽃이 피어났다. 꽃은 마치 불꽃에 타는 로사의 모습을 꼭 닮아 있었다. 사람들은 그 꽃을 장미라고 불렀다.

사랑은 아름다운 꿈이다. —샤프

조조의 관상은 간악한 영웅상

후한後漢이 기울어져 가던 영제靈帝 때, 어지러운 세상을 틈타 일어난 태평도라는 새 종교가 있었다. 그런데 이들이 반란을 일으키니 바로 황건적의 난리였다.

조정에서는 황건적의 난을 평정하기 위해 전국에서 용맹한 장수를 불러들였다. 이때 군사를 일으킨 자들 중에 위魏나라를 세워 천하에 이름을 떨쳤던 조조曹操가 있었다.

그는 젊었을 때부터 호기로웠다. 집안 일 같은 것은 거들떠 보지도 않고 호걸들을 찾아 즐겨 사귀었다.

그 당시 여남汝南 땅에

허소와 허정이라는 사촌 형제가 있었다. 이들은 매월 초하룻날이면 그 지방 사람들의 그 달 운세運勢를 보아주었다. 그 지방 사람들은 매월 초하룻날이면 일손을 멈추고 허소와 허정을 찾아가 지난 한 달 동안에 지낸 일과 앞으로 할 일을 듣곤 했다.

그것은 허소와 허정 두 사람이 그 지방 사람들을 좋은 방향으로 이끌어 주려는 하나의 방편이었다.

조조가 그 소문을 듣고 허소를 찾아가 자기의 인물평을 좀 해달라고 청했다. 허소는 조조를 업신여겨 말대꾸도 하지 않았다. 조조가 화가 나 허리에 찼던 칼을 쑥 빼며 협박했다.

"왜 나는 인물평을 해주지 않는 거냐?"

허소는 하는 수 없이 말해 주었다.

"당신은 천하가 태평할 때는 유능한 정치인이지만, 세상이 어지러울 때면 간악한 영웅이 될 것이다."

조조는 '간악한 영웅'이라는 말에서 '간악한'이란 말은 흘려버리고 '영웅'이란 말에만 무척 기뻐했다.

그래서 황건적을 물리치기 위해 군사를 모으기로 결심했다.

영웅적인 것을 믿는 사람들이 영웅을 만들어 낸다. ─디즈테일러

덕이 높은 왕

인도에 한 슬기로운 왕이 통치를 잘 해서 백성들 모두가 근심 걱정 없이 잘 살았다.

어느 날, 왕은 백성들이 정말로 잘 살고 있는지 직접 살펴보기 위해 평민의 옷으로 갈아입고 마을로 나섰다. 왕은 먼저 밭을 갈고 있는 농부에게 다가가 물었다.

"혹시 당신은 왕에게 무슨 불만 같은 건 없으신가요?"

"이보시오, 불만이라니요! 이건 왕 덕택에 우리가 이렇게 평화롭게 잘 살고 있는데 불만이라니요."

농부는 오히려 화를 냈다. 왕은 그들이 평화롭게 사는 모습을 보고 흐뭇해 하며 궁궐로 돌아오기 위해 마차를 돌렸다. 그런데 한참을 가다가 아주 좁은 길에서 이웃나라 왕이 탄 마차와 마주치게 되었다. 양쪽의 마차꾼들은 서로 먼저 길을 비키라고 버티고 서 있었다.

"당신네 마차가 먼저 한 쪽으로 비키시오."

"그럴 수는 없소. 당신들이 먼저 비키시오."

"아니, 이 마차엔 우리 왕께서 타고 계시니 당신네 마차가 비키시오."

"이 마차에도 우리 왕께서 타고 계시니 당신들이 비키시오."

양쪽 마차 안에 모두 왕이 타고 있다는 걸 알게 된 마부들은 입장이 난처했다. 그래서 서로 의논하여 왕의 나이가 많은 쪽이 먼저 지나가기로 결정했다. 그런데 알고 보니 묘하게도 두 왕은 나이가 똑같았다.

그래서 이번엔 각자 자기네 왕의 덕을 비교하여 높은 쪽이 먼저 지나가기로 했다.

먼저 이웃 나라 마부가 자기 나라 왕을 찬양했다.

"우리 폐하께서는 강함에는 강함으로, 부드러움에는 부드러움으로, 착함에는 착함으로, 악함에는 악함으로 상을 내리거나 징계하십니다."

그러자 어진 왕의 마부가 말했다.

"우리 폐하께서는 부드러움으로 강함을 누르시고, 착함으로 악함을 다스리시고, 베

푸는 일로 탐욕을 이기시며, 진실로 거짓을 감싸십니
다."
　그러자 마차 안에서 마부들의 말을 듣고 있던 이웃 나
라 왕이 즉시 마차에서 내려 마부에게 길을 비켜 주라고
분부했다.

아름다운 것은 육체의 덕德이요, 덕은 영혼의 아름다움이다. ─에머슨

고향가는 길 | 1993 | 6F | 유화

하늘의 옷감

– 예이츠 William Butler Yeats

금빛과 은빛으로 무늬를 놓은

하늘의 수놓은 옷감이라든가

밤과 낮과 어스름한 저녁 때의

푸른 옷감 검은 옷감이 내게 있다면

그대의 발 밑에 깔아 드리오리다만

내 가난하여 가진 것 오직 꿈뿐이라

그대 발 밑에 내 꿈을 깔았으니

사뿐이 밟으소서, 내 꿈 밟고 가시는 이여.

1865~1939. 에이레의 시인. 아일랜드 더블린에서 출생. 문예협회와 국민극장 창설에 진력하였고, 민족의식 앙양과 향토의 문예 부흥에 공헌하였다. 초기에는 낭만적이었으나 후기에는 상징적이었으며, 1923년에 노벨 문학상을 받았다.

소월의 「진달래꽃」이 이 작품에서 많은 힌트를 얻었으리라고 이야기 되기도 하는 문제의 작품.

나병 환자의 친구 프랜시스

앗시시의 성자 프랜시스는 나환자들의 친구였다. 그 당시 유럽에는 나병이 많이 발생하여 산기슭 곳곳에 환자 수용소가 있었다. 프랜시스가 매일 다니는 동굴의 근방에도 있었다. 프랜시스는 기도하기 위해 동굴을 찾아갈 때마다 수용소를 바라보며 생각했다.

'저 불쌍한 나환자들을 구제하고 싶은데, 병이 겁나서 갈 수가 없군.'

나병에 걸리면 눈썹이 빠지고, 얼굴이 비뚤어지며, 퉁퉁 붓고, 고름이 나오고, 살이 문드러졌다. 그리고 결국에는 죽었다. 이 병에 한 번 걸렸다 하면 낫기란 극히 어려웠기 때문에 그들을 수용소에 넣어 세상과 격리시켰다.

프랜시스는 동굴에 기도하러 갈 때 말을 타고 다녔다. 그런데 언덕 쪽에서 바람이 불면 지독한 냄새가 실려 왔

다. 수용소에서 나는 냄새였다. 그가 그곳을 지날 때면 그의 마음속에서 예수님의 음성이 들려 오곤 했다.

'너는 저 나환자들을 찾아가 그 발 아래 무릎을 꿇고 고름을 빨아 줄 만한 사랑을 베풀어라. 그렇지 않으면 그리스도의 사람이 아니다.'

그러나 프랜시스는 마음의 음성에 소름이 끼쳤다.

'그것만은 못합니다.'

그러던 어느 날, 말을 타고 동굴을 향해 가는데 갑자기 말이 걸음을 멈추었다. 말 앞을 보니 길가 풀숲에 남루한 옷을 입은 사람이 엎드려 있었다.

"거지인가 보다. 도와주어야지."

프랜시스가 말에서 내려 그 사람 앞으로 다가가 일어나라고 말하자 그 사람이 부시시 얼굴을 들었다. 자세히 보니 코가 문드러지고 얼굴이 퉁퉁 부어오른 나병환자였다.

"어휴, 보기 사납군!"

프랜시스는 중얼거리며 돌아서려 했다. 그런데 이상하게도 돌아서지지가 않았다. 그는 병자 가까이 다가섰다. 고약한 냄새가 코를 찔렀으나 악수를 청하며 말했다.

"이보시오, 친구. 내 손을 잡으시오."

순간 고름이 맺힌 손이 프랜시스의 손에 닿았다. 그러나 프랜시스는 어느 사이에 그의 손에 입을 맞추고, 무릎을 꿇고 앉아 고름을 빨아 주고 있는 자신을 발견했다.

부드러운 동정同情이 무거운 철문을 연다. ─셰익스피어

삼위일체

어거스틴이 삼위 일체에 대해 골똘히 생각하며 바닷가를 산책하고 있었다.

그러다가 한 소년이 조롱박으로 바닷물을 떠서 웅덩이에 담는 광경을 목격했다.

어거스틴은 소년의 행동이 이상해서 물었다.

"그 조그마한 조롱바가지로 언제 그 웅덩이에 채우려고 그러느냐?"

소년은 어거스틴을 물끄러미 쳐다보며 되물었다.

"선생님은 아까부터 무언가 골똘하게 생각에 젖어 걷고 계시는데 대체 무슨 생각을 그렇게 깊게 하셨습니까?"

소년의 물음에 어거스틴은 무엇을 훔치다가 들키기라도 한 듯 솔직하게 털어놓았다.

"너는 어려서 잘 모르겠지만 성부聖父와 성자聖子와 성

신聖神의 삼위일체의 위격位格이 어떻게 하나님 안에 존재하는지에 대하여 생각했단다."

소년은 눈을 크게 뜨고 또박또박 말했다.

"선생님, 선생님이 생각하시는 삼위 일체에 대한 신비를 풀려는 신학적인 노력보다 차라리 대양의 물을 작은 조롱박으로 퍼서 이 웅덩이에 담는 편이 훨씬 쉬운 일일 겁니다."

어거스틴은 어린 소년의 말을 듣고 머리를 쇠망치로 얻어맞은 듯 충격에서 헤어날 수가 없었다.

어거스틴이 가까스로 정신을 수습하여 웅덩이에 물을 담던 소년을 찾았으나 소년은 온데간데 없고 언제나처럼 출렁거리는 바다와 파도 소리만 들렸다.

내가 신神이라 부르는 것을 바보들은 자연이라 부른다. ─브라우닝

닭이 품은 독수리 알

    한 청년이 산 속에서 우연히 독수리 알을 발견했다. 청년은 그것을 암탉 우리에 달걀과 함께 넣어 두었다. 그러자 암탉이 자기 알인 줄 알고 꼬옥 품어 주었다. 얼마 후 병아리와 함께 독수리도 알에서 깨어났다.

    새끼 독수리는 자기가 독수리라는 것을 모르고 있었다. 그래서 날마다 병아리들과 섞여 흙장난을 하며 하루하루를 보냈다.

    그러던 어느 날, 새끼 독수리는 이상한 생각이 들었다.

    '나는 몸도 크고 힘이 세다. 그런 내가 그냥 땅 위에서만 살기엔 너무 아깝지 않은가. 다른 무엇이 될 수는 없을까?'

    그때 날쌘 독수리 한 마리가 높을 하늘을 가르며 날았다. 새끼 독수리는 갑자기 가슴이 벅차 올랐다. 심장이 쿵쿵 뛰기도 하고 날개에도 힘이 뻗히는 것 같았다.

“나도 저 독수리처럼 날 수 있을 거야. 닭장은 내 집이
아니야. 아, 마음껏 하늘을 날고 싶다.”

새끼 독수리는 점점 더 힘이 용솟음쳤다. 날아 본 경험
이 없어서 두렵기는 했지만 온 힘을 다해 날개를 활짝
폈다. 그러자 조금씩 몸이 뜨더니 마침내 하늘 높이 훨
훨 날 수 있었다. 비로소 새끼 독수리는 자신의 정체를
알아낸 것이다.

모든 사물의 본질을 알지 못하면서 활용하려는 것은 학의 다리를 잘라
짧게 하고, 오리의 다리를 이어 길게 하려는 것과 같다. —관자管子

청개구리들의 우정

숲이 우거진 연못에 청개구리 세 마리가 살았다. 이들
은 하루도 조용한 날이 없었다. 눈만 뜨면 서로를 트집
잡거나 말다툼을 하곤 했다.

"연못을 내가 먼저 봤으니 여기서 나가!"

"무슨 소리, 내가 먼저 봤잖아. 그러니 네가 나가!"

"왜들 그래? 주인은 나야."

옆에서 보고 있던 나이 많은 두꺼비가 타일렀다.

"이보게들, 자네들이 다투는 소리에 내가 낮잠을 잘 수가 없네. 도대체 언제까지 그렇게 싸우면서 지낼 건가?"

그러나 청개구리들은 들은 척도 않고 여전히 목소리를 높였다.

그날 밤 갑자기 천둥이 치더니 빗줄기가 세차게 내리쳤다. 연못은 삽시간에 흙탕물로 변해 버렸다. 물은 계속 불어나서 모든 것을 삼켜 버릴 기세였다. 청개구리들은 덜컥 겁이 나서 싸움도 잊은 채 바위 위에서 서로 몸을 부둥켜 안고 의지했다. 그러자 무서웠던 마음이 조금씩 가라앉으면서 살 수 있다는 희망이 솟아올랐다.

얼마 후, 거센 빗줄기가 그치고 날이 개기 시작하자 연못의 물도 조금씩 빠졌다. 그때 청개구리들은 자기들이 발을 딛고 있던 곳이 바위가 아니라 두꺼비의 등이었다는 사실을 알고는 깜짝 놀랐다. 모두는 고맙다고 인사를 했다. 전에 맛보지 못했던 행복감이 가슴 뿌듯하게 느껴졌다. 두꺼비가 빙그레 웃으며 말했다.

"그것 봐, 서로를 감싸주니까 얼마나 평화로운가."

청개구리들은 마주보며 나란히 헤엄을 쳤다.

우정이란 신비한 영혼의 접착제요, 인생의 감미료이며,
사회의 땜납이다. ―블래어

제4부

마음이 따뜻한 사람들의 이야기

붉은 산 | 1993 | 6F | 유화

가을날

- 릴케 Rainer Maria Rilke

주여, 때가 되었습니다. 지난 여름은 아주 위대했습니다.
이제 당신의 그림자를 해시계 위에 올려 놓으시고
빈 벌판에 바람을 놓아주소서.

마지막 과일들이 익게하시고,
남국의 따뜻한 햇볕을 이틀만 더 보내 주소서.
그것들을 완성으로 몰아가시어
포도주에 마지막 단맛이 스미게 하소서.

지금 집이 없는 자는 어떤 집도 짓지 않습니다.
지금 외로운 자는 오랫동안 외로이 머무를 것입니다.
잠 못 이루어 뒤척이며 긴 편지를 쓸 것입니다.
그리고 잎이 진 가로수 길을
불안스레 이리저리 헤맬 것입니다.

1875~1926. 도이취의 시인·소설가, 프라그에서 탄생. 프라그·
뮌헨·베를린 대학에서 수학하고 잠시동안 베르푸스베데에서 살
다가 파리로 이주하여 조각가 로뎅의 비서가 된 일도 있다. 만년
에는 스위스에서 살고 그곳에서 죽었다. 서정시인으로서 가장 뛰
어나. 그 시대의 대표적 시인일 뿐만 아니라 오늘의 문학계에도
영향이 매우 크다.

낭만주의적인 꿈의 분위기가 감돌고 있다. 릴케의 작품 가운데 가
장 유명한 것 중 하나. 1902년 9월 21일에 창작되었다.

몽테스키외가 보낸 돈으로 풀려난 노예

몽테스키외는 프랑스의 문인으로 루소, 볼테르와 더불어 혁명사상을 불러일으킨 사람이다.

그가 한 번은 프랑스의 남방에 가서 강을 건너는데 두 청년 뱃사공의 모습이 너무도 닮아서 꼭 형제 같았다. 몽테스키외는 얼마 동안 애기하다가 두 청년이 진짜 형제인 것을 알게 되었다. 또 그들의 아버지는 사업가로, 지중해를 건너 아프리카 북쪽에 있는 바바리 지방에 가다가 해적에게 잡혀 노예로 팔려갔다는 이야기도 들었다. 노예로 팔려간 그의 아버지는 다행히 그 주인이 불쌍히 여겨 돈 4천 프랑만 내면 놓아 주겠다고 했다는 애기도 들었다.

그러나 아직 미성년자인 두 소년에게 4천 프랑이란 엄두도 못 내는 큰 돈이었다. 형제는 이 소식을 들은 날부터 낮에는 도선장 선부 노릇을 하고, 밤에는 세공업을

해서 한 푼 두 푼 모았다.

몽테스키외는 형과 얘기를 하면 동생의 눈에서 눈물이 흐르고, 동생과 얘기할 때는 형이 흐느끼는 것을 보고는 불쌍하다는 생각이 들었다. 그래서 집으로 돌아가 그들에게 필요한 돈을 송금했다.

뱃사공 형제는 어리둥절했다. 중요한 것은 이 돈이 파리에서 온 것은 알겠는데 누가 보냈는지는 알 수가 없었다. 아무리 생각해도 짐작이 가지 않았다. 그래서 형제는 고마운 마음을 전할 길이 없었다.

그런데 몽테스키외가 별세한 후에 그의 친구들이 그를 추모하여 그의 전집을 발간했는데, 그의 일기에 그 형제에게 돈을 송금한 기록이 있어 밝혀졌다.

가난한 사람에게 은혜를 베푸는 것은
귀족에게 돈을 빌려주는 것과 같다. -영국 속담

현군賢君과 충신忠信

위나라의 문후가 신하들을 불러 놓고 술잔치를 베풀며 자기를 평가하도록 했다.

그러자 거기 모인 여러 신하들이 입을 모아 문후를 칭송했으나, 그 중에 임좌만은 의견을 달리했다.

"주상께서는 모자라는 주군主君이십니다. 영주 자리가 있을 때에 아우님에게 그 자리를 주지 않고 아들에게 준 것으로도 알 수 있습니다."

문후는 매우 불쾌하게 생각하여 얼굴빛이 달라졌다.

임좌는 문후의 모습을 보자 겸연쩍어서 자리를 박차고 나왔다. 그 다음은 적황의 차례였다.

"주군께서는 현군이십니다. 주군이 현명해야만 신하

가 직언을 할 수 있는 법인데, 지금 임좌가 직언한 것은 곧 주군께서 현군임을 알기 때문입니다."

이 말을 들은 문후는 무척 기뻐했다. 그리고 임좌를 불러올 수 없겠느냐고 물었다. 그러자 적황이 말했다.

"불러올 수 있습니다. 충신이란 원래 충의를 위해서 목숨을 아끼지 않는 것입니다. 아마 임좌는 아직도 문 밖에 있을 것입니다."

문을 열어 보니 과연 임좌가 있었다. 임좌는 다시 들어가 유쾌하게 어울렸다.

고기로 배를 채운들 소화되지 아니하면
무슨 소용이 있겠는가? -몽테뉴

자동차 콩쿠르 대회

프랑스의 작가 루이 퍼레스트가 해안에서 잠시 휴식하고 있는데 별안간 콩쿠르 심사를 해달라는 요청이 왔다. 퍼레스트는 처음에는 미인 콩쿠르이겠거니 생각하고 무척 흥미로워했다.

그런데 막상 가보니 자동차 콩쿠르였다. 많은 자동차가 저마다 우승을 겨루려고 늘어서 있었다. 한결같이 세련미가 넘치고 아름다웠다. 그래서 순위를 정하기가 매우 어려웠다.

퍼레스트는 자동차 옆에 서 있는 출품자들에게 말했다.

"엔진의 뚜껑을 열어 주십시오."

모터의 내부를 검사해 보니 대부분의 차가 불결했다. 그래서 순위를 쉽게 결정할 수 있었다. 그러자 출품자의 한 사람인 젊고 아름다운 여성이 심사 방법에 대해 불만을 품고 항의했다.

"모터를 검사한다는 말은 듣지 못했습니다."

퍼레스트가 말했다.

"아가씨, 미인 콩쿠르가 있을 때 목욕하고 오라고 주
의 주는 사람 봤습니까? 그것은 각자가 알아서 해둬야
할 일이지요."

무엇을 할 수 있다고 생각하지 말고,
무엇을 해야 할 것인가를 생각하라. —클라우디 아누스

철관 만드는 직원과 카네기

카네기가 철강업에 열중하고 있을 때였다. 공장을 수시로 순시하던 그는 한 사람의 철공을 눈여겨 보았다. 그 철공은 말없이 맡은 바 일을 열심히 했다. 그 자세는 언제나 진지하고 성실했다. 그리고 자기가 하는 일에 대해 자신감이 넘쳐 흘렀다.

카네기가 생각했다.

'저 사람이야말로 이 회사를 맡겨도 책임 있게 운영해 나갈 수 있겠구나.'

카네기는 그를 사장실로 불러 공장장 일을 맡아 달라고 했다. 어리둥절해진 철공이 고개를 가로 저었다.

"사장님, 저는 다른 일은 못합니다. 평생 해본 일이라곤 쇳물에서 철관 뽑는 일밖에 없습니다. 철공 일이야 이 나라에서 제일이지요. 하지만 다른 일이라면 사양하겠습니다. 지금 일만 계속하도록 해주십시오."

이번에는 도리어 사장 쪽이 어리둥절해졌다. 하지만 그는 곧 철공의 심정을 이해할 수 있었다.

"그렇소. 내 생각이 부족했소. 당신이야말로 우리 회사의 보배요. 당신이 세계 제일의 철공이니 오늘부터는 대통령 봉급을 주겠소."

그 철공은 대통령과 같은 봉급을 받음으로써 카네기 회사에서 봉급이 가장 많은 사원이 되었다. 이렇게 긍지를 가진 사원을 후대하여 카네기는 마침내 강철왕의 자리에 올랐다.

혜능의 깨달음

혜능 수도자는 중국 광동 사람이었다. 세 살 때 아버지를 여읜 그는 집안이 가난하여 날마다 산에 가서 나무를 해다 팔아 어머니를 봉양했다.

어느 날 저녁 때. 그가 시장에 갔다 오는데 어떤 사람이 길을 가면서 《금강경》을 독송하고 있었다. 그 사람은 평생 동안 《금강경》을 그렇게 독송했으므로 그냥 버릇이 되어 앵무새가 노래하는 것처럼 줄줄 외울 뿐이었다.

혜능은 지나가면서 그 사람이 외는 《금강경》의 내용 중 네 구절을 듣는 순간, 너무 놀라서 그 자리에 우뚝 서버렸다. 그리고 그는 밤이 새도록 꿈쩍도 못했다. 그의 가슴은 울렁거렸고, 그 네 구절의 독경 소리는 천둥 소리같이 전신에 메아리쳤다.

그렇다고 그가 이전에 깨달음에 대한 열망이 있었던 것도 아니었다. 그냥 우리들 주변에서 흔히 볼 수 있는

보통 사람이었을 뿐이었다.

혜능은 그 길로 머리를 깎고 산으로 들어 가 세상과 인연을 끊었다.

혜능은 선의 5대 조사인 홍인 대사를 찾아가 그곳에서 방앗간 일을 했다. 홍인의 제자들은 그저 나무꾼에 불과한 그를 별스럽지 않게 생각하여 경원했지만, 그는 묵묵히 자신의 깨달음을 정화시켜 그들보다 더 높은 경지에 도달했다. 그 결과 그는 홍인 대사의 수제자였던 신수 수도자를 물리치고 수제자로 올라 선의 6대 조사로서 만방에 크게 선법을 떨쳤다.

어떻게 그런 일이 가능했을까? 그가 순수했기 때문에 가능했다. 때로는 평범한 사람의 말 한 마디가 씨앗이 되어 그처럼 맑고 찬란한 꽃을 피울 수 있었다.

하찮은 지식에 매인 사람들, 진리에 눈을 뜨지 못한 어리석은 사람들은 보아도 보지 못하고 알 수가 없다.

그러나 지혜로운 사람은 맑고 청정한 마음으로 사물을 꿰뚫어보고 그 뒤에 감춰져 있는 것도 보고 들을 수 있다.

도道란 남을 위하는 것이어서, 자기를 위하면 잃는다. ─장자莊子

샌드위치 백작

영국의 샌드위치 백작은 밥보다도 노름을 더 좋아했다. 그는 한번 트럼프를 손에 쥐면 일어 설 줄을 몰랐다. 식사 시간도 아랑곳하지 않았다.

"백작님, 식사 준비가 다 됐습니다."

"기다려! 한 판만 더 하고."

그러는 동안 으레 애써 만든 요리가 다 식어서 엉망이 되고 만다.

그래서 요리사가 궁여지책으로 빵조각 사이에 고기며 채소를 끼워 한 손에 들고 먹기 좋게 만들어 주었다. 그러자 그는 그것으로 요기를 하며 스물네 시간 동안 꼬박 노름을 했다. 또 노름은 상대가 있어야 하니까 함께 하던 사람들도 덩달아 그 음식을 먹었다. 맛이 좋고 산뜻

해서 입맛을 돋우었다. 이 간편한 요리는 순식간에 일반 가정에도 퍼졌는데, 백작의 이름을 따서 샌드위치라 불렀다.

기회는 모든 노력 중 가장 훌륭한 선장이다. ─소포클레스

드들강 | 2003 | 10F | 아크릴화

동방의 등불
– 타고르 Rabindranath Tagore

일찌기 아시아의 황금 시기에
빛나던 등불의 하나였던 코리아,
그 등불 다시 한 번 켜지는 날에
너는 동방의 밝은 빛이 되리라.
마음에는 두려움이 없고
머리는 높이 쳐들린 곳,
자식은 자유스럽고
좁다란 담벽으로 세계가 조각조각 갈라지지 않는 곳,
진실의 깊은 속에서 말씀이 솟아나는 곳,
끊임없는 노력이 완성을 향하여 팔을 벌리는 곳,
지성의 맑은 흐름이
굳어진 습관의 모래벌판에 길 잃지 않는 곳,
무한히 퍼져 나가는 생각과 행동으로
우리들의 마음이 인도되는 곳,
그러한 자유의 천국으로
내 마음의 조국 코리아여 깨어나소서.

1861~1941. 인도 벵갈의 시인으로 사상가, 전통 문학, 종교와 가
깝게 지냈으며 혁신사상가였던 부친의 영향도 받아 1877년부터
세계 각지를 순방하며 동서문화 융합에 노력하였다. 서정시·산
문소설과 희곡에 문재를 발휘했으며, 걸작「기탄잘리」로 노벨문학
상을 받았다.

1929년 타고르가 일본을 방문하였을 때, 우리 나라의「동아일보」
기자가 한국 방문을 청하자 그에 응하지 못하는 대신 답례로 기고
한 시다.

부레히토의 불어 실력

독일의 문필가 벨트 부레히토는 어려서부터 자연과학과 의학을 공부했다. 그는 프랑스어를 공부하느라 무척 골치를 앓았다. 언제나 낙제를 면하기 어려웠고, 그가 프랑스어 노트를 선생에게 내면 항상 붉은 글자들로 가득 채워졌다.

부레히토는 선생에게 자기의 성적이 너무 좋지 않다는 인상을 주어서는 안 되겠다고 생각하고 꾀를 냈다. 자기도 빨간 잉크를 한 병 사서 선생이 고친 부분 이외에 제대로 맞게 된 부분도 틀린 것으로 그어 놓았다. 그리고는 그 노트를 선생에게 가지고 갔다.

"선생님! 이것이 틀렸다고 빨간 줄을 그으셨습니까?"

선생이 자세히 보니 틀리지도 않은 곳에 붉은 줄이 처져 있었다.
"아, 그렇군. 이것은 맞았는데……."
부레히토는 얼른 그 말을 받아 말했다.
"선생님은 제가 프랑스어를 잘 못하는 줄 아시는데 그렇지 않습니다."
선생이 아무 말도 하지 않고 고개를 끄덕였고, 부레히토는 의기양양해서 그 자리를 물러나왔다.

성공의 영광을 동경함은 나무랄 일이 아니다. 다만
영광만을 동경하여 시간을 낭비하는 것을 나무라야 한다. ―뽀앙까레

《걸리버 여행기》를 쓴 스위프트와 하인

 《걸리버 여행기》를 쓴 영국의 스위프트가 하인을 데리고 먼 여행길에 올랐다. 호텔에서 쉬고 이튿날 아침 길을 떠나려 하는데 마차 바퀴에 묻은 흙이 그대로 있었다. 화가 난 스위프트가 하인에게 당장에 닦으라고 하자 그가 대꾸했다.

 "어차피 더러워질 것인데 닦으면 뭘합니까?"

 스위프트는 더 이상 나무라지 않고 즉시 말을 준비하라고 일렀다.

 "채비가 다 되었습니다."

 "그럼 곧 떠나자."

 스위프트가 마차에 올랐다. 그러자 하인이 펄쩍 뛰며 말했다.

 "주인님, 저는 아직 아침밥을

안 먹었는데요.”

“아니, 아침밥을 꼭 먹어야 되는가? 어차피 또 배가 고
파질 텐데.”

태만은 마음이 약한 자의 피난처요,
미련한 자의 휴일이다. —체스터필드

열매를 맺게 하는 시련과 고난

추수날, 수확량이 많지 않자 농부가 불평했다.

"만일 신이 내게 날씨를 조절할 수 있는 권한을 준다면 농사를 훨씬 잘 지을 수 있었을 텐데……. 신은 농사에 대해 아무것도 모르는가 봐."

신이 말했다.

"좋다. 네게 일 년 동안 날씨를 통제할 수 있는 권한을 주겠다."

농부는 신이 나서 말했다.

"햇빛을 원합니다."

그러자 즉시 태양이 나타났다. 얼마 후 또 그가 말했다.

"이젠 비를 뿌려 주십시오."

그러자 비가 내렸다. 일 년 동안 적당한 시기에 태양이 비치고 비가 내려 벼는 전에 없이 크고 튼튼하게 자랐다.

마침내 추수할 때가 되어 농부는 낫을 들고 벼를 베러 나갔다. 그런데 이상하게도 속이 텅 빈 쭉정이만 매달려 있었다. 신이 와서 물었다.

"수확량은 어떠한가?"

"형편없습니다. 너무 형편이 없어요!"

"날씨를 조절한 것은 네가 아니더냐? 모든 게 네가 원하는 대로 되었을 텐데?"

"물론 그렇지요. 그래서 더 기가 막히다는 것입니다. 내가 비를 원하면 비가 내렸고, 햇빛을 원하면 햇빛이 비췄습니다. 그런데 결과는 쭉정이뿐입니다."

신이 말했다.

"하지만 너는 바람을 원하지 않았다. 또 뿌리를 튼튼하게 하고 저항력을 길러 주는 것도 생각지 않았다. 시련과 고난이 뿌리를 튼튼하게 하고, 열매를 건실하게 맺게 해주는 것인데, 그에 대한 대비를 하지 못한 것이 네가 수확을 많이 하지 못하는 이유다."

성공하기란 어려운 것이 아니다. 다만 그 방법을
그르치기 때문에 못하는 것이다. ―동양 명언

자기가 만든 법에 걸린 상앙祥昻

진나라 재상 상앙은 치밀한법을 제정하여 엄격하게 집행했다. 그 법이 얼마나 엄했던지 모두가 혀를 내둘렀다.

그는 일인지하 만인지상一人之下 萬人之上의 자리에 있으면서 마음껏 권력을 휘둘렀다.

혜문왕이 아직 태자로 있을 때, 태자가 위법을 했다. 그러자 위세가 등등했던 상앙은 태자 대신 태자를 보좌하던 공자, 건虔과 태자의 선생인 공손고를 처벌했다.

아무 잘못도 없이 벌을 받은 두 사람은 상앙에게 원한을 품고 있었다. 태자가 왕이 되자 원한을 품고 있던 두 사람은 상앙이 모반을 기도한다고 참소했다. 궁지에 몰린 상앙은 변장을 하고 도망을 쳤다.

그는 도망가다가 주막에 들러 하룻밤 자고 가기를 청했다. 주막 주인이 말했다.

"신분증이 없는 사람을 재우면 저까지 잡혀갑니다. 그러니 신분증을 보여주시오."

"떠날 때 잊고 왔소이다."

"당신은 상앙의 법도 모르시오. 신분증이 없는 사람을 재우면 우리까지 죽임을 당합니다."

상앙은 그때서야 비로소 자기가 만든 법률이 얼마나 심했던가를 깨달았다.

상앙은 주막에서 쫓겨나와 밤길을 걸어 위나라로 갔다. 그러나 위나라에서도 상앙이라면 모두 머리를 흔들면서 받아주지 않았다.

상앙은 발붙일 곳이 없었다. 그래서 하는 수 없이 진나라로 되돌아와 따르던 잔병을 모아 군사를 일으켰으나 끝내 잡혀 극형에 처해졌다.

법은 인간을 지배하고, 이성은 법을 지배한다. ─풀러

카네기의 교훈

　미국의 세계적인 부호 카네기가 어느 날 영국 기자로 부터 질문을 받았다.

　"맨주먹으로 거부가 되기 위해서는 어떻게 해야합니까?"

　카네기는 서슴지 않고 대답했다.

　"첫째, 가난한 집에서 태어나야 합니다. 태어날 때부터 호화스럽게 자란 자는 부호가 될 자격이 없습니다. 나면서부터 가난에 몹시 쪼들려 죽느냐 사느냐의 지경에 빠짐으로써, 가정의 평화가 깨지고 식구마다 뿔뿔이 흩어지지 않으면 안 될 정도로 가난의 쓰라림을 맛보아야 합니다. 그래서 그 원수 같은 가난과 싸워 이길 결심을 해야 합니다. 그리고 그 결심을 관철하지 않으면 죽을 수밖에 없는 처지에 놓여야 비로소 전력을 다해 노력하게 됩니다."

　카네기는 계속해서 어렸을 때 자기 집 일을 회상했다.

　카네기의 집은 어렸을 때 말할 수 없이 가난했다. 그래서 어린 카네기는 고생하는 부모를 보고 '뼈가 가루가 되는 한이 있더라도 힘껏 일해 우리 집에서 영원히 가난을 쫓아 버려야겠다'고 굳은 결심을 했으며, 그 뒤 그대로 실천했던 것이다.

이집트의 피라밋과 스핑크

고대 희랍의 테베 근교에서는 인두사신人頭獅身의 괴물, 스핑크스가 나타나서 사람을 괴롭혔다. 스핑크스는 지나가는 사람을 잡고 '아침에는 네 개, 낮에는 두 개, 밤에는 세 개의 다리로 걷는 것이 무엇이냐'고 수수께끼를 내고는 풀지 못하면 잡아먹었다.

그러나 아무도 풀지 못해서 수많은 사람들이 잡아먹히자 마침내 소문이 퍼져서 그 근처를 얼씬거리는 사람이 없게 되었다.

때마침 영웅 외디푸스가 그곳을 지나가게 되었다. 괴물이 역시 그를 붙잡고 수수께끼를 내자 외디푸스가 즉각 대답했다.

"그야 사람이지."

즉, 사람은 아침인 어린이 시절에는 기어다니다가, 낮인 청장기靑壯期에는 두 다리로 걸으며, 황혼기로 접어들면 지팡이를 짚고 세 개의 다리로 걸어다니는 것이다.

그 대답을 듣자 스핑크스는 골짜기 아래로 몸을 던져 자살했고, 테베 시민들은 열광적으로 외디푸스를 맞이하여 왕으로 삼았다.

지금도 이집트에는 피라밋과 함께 피라밋을 지키는 거대한 스핑크스의 상이 나그네의 시선을 끌고 있다.

인간이 운명을 정복할 수 있는 유일한 무기는 지혜다. —유베날리스

주인을 살린 소

경북 선산군 문유리에 김기년이란 사람이 암소 한 마리를 기르고 있었다.

어느 해 가을, 그가 밭을 갈고 사방이 숲으로 우거진 오솔길로 소를 몰고 돌아오던 중, 난데없이 호랑이가 달려들었다. 김씨가 넘어지자 이를 본 소가 나서서 엎치락뒤치락 맹렬히 싸웠다. 주인 김씨는 잽싸게 일어나 응원을 했다.

"우리 소 이겨라. 잘한다, 우리 소. 힘내라! 우리 소."

그렇게 싸운 끝에 소는 호랑이를 죽이고 주인을 무사히 구해냈다. 얼마 후, 김씨가 갑자기

병석에 눕게 되자 식구들에게 말했다.

"내가 죽더라도 소에게는 절대로 일을 시키지 말고 잘 보살펴주도록 하라."

그리고는 며칠 후에 그가 죽자 그날부터 소가 눈물을 흘리며 먹이를 먹지 않다가 끝내 굶어 죽었다.

식구들이 이를 관청에 알려 비석을 세워 표창하니, 그 비가 지금도 경북 선산군 산동면 인덕동에 보존되어 있다.

피해는 모래 위에 써 두고, 은혜는 대리석 위에 새겨라. ―프랑스 속담

우리 남편 맞나요?

미국의 작은 마을에서 장례식이 있었다. 죽은 사람은 술주정꾼 사람들을 괴롭히기만 했던 악질이었다. 그래서 모두들 잘 죽었다고 고소해 했다.

장례식에는 죽은 사람의 부인과 아들, 그리고 마을 사람들 몇몇이 참석했다. 마침 이 마을의 목사가 멀리 여행 중이어서 이웃 마을에서 목사가 집전을 했다. 죽은 사람을 알지 못하는 목사가 기도했다.

"오늘 참으로 좋은 친구를 잃었습니다. 좋은 아버지이며 남편이었고, 우리의 훌륭한 이웃이었습니다. 늘 우리에게 기쁨과 웃음을 선사했던 고인의 명복을 빕니다."

기도가 끝나자 죽은 사람의 부인이 갑자기 관 앞으로 달려가 관 뚜껑을 열려고 애썼다. 목사는 이 부인이 너무 슬퍼서 그러는가 싶어 부인을 말렸다.

"부인, 진정하십시오. 부인의 마음이 얼마나 슬픈지

충분히 짐작은 갑니다만 이
러시면 안 됩니다."

그러자 부인이 목사를 말
했다.

"아닙니다. 목사님의 말씀
을 듣다 보니 죽은 사람이 제 남편이 아닌 것 같아서 확
인하려고 그럽니다."

인생이란 불충분한 전제前提 밑에서
충분한 결론結論을 끌어내는 기술이다. ―버틀러

참나무와 갈대의 성품

어느 강기슭에 커다란 참나무 한 그루가 서 있었다. 이 참나무는 뿌리가 깊고 몸이 하늘을 찌를 듯이 높아 늘 으쓱거렸다.

"세상에 나를 이길 놈은 없을 거야. 나처럼 튼튼한 놈이 없으니까. 그리고 다른 녀석들을 늘 내려다볼 수 있게 키도 크잖아."

그러던 어느 날, 굉장한 폭풍이 몰아쳐서 커다란 나무들이 뿌리째 뽑혔다. 참나무도 꼿꼿이 서서 폭풍과 용감하게 맞서 싸웠으나 끝내 견디지 못하고 부러지고 말았다. 부러진 등걸이 거센 강물에 휩쓸려 떠내려갔다.

얼마를 떠내려가다 보니 강

기슭에 갈대들이 멀쩡히 서 있는 것이 보였다. 갈대들은 물살에 밀려 떠내려가는 참나무를 가엾다는 눈길로 바라보고 있었다. 참나무가 갈대들에게 물었다.

"갈대야, 넌 그 험한 폭풍 속에서도 어떻게 아무런 상처 없이 살아 남았니? 힘도 나보다 훨씬 약한데……."

갈대들이 말했다.

"폭풍이 저희들을 해치지 않은 것은 저희들이 늘 고개를 숙였기 때문이에요. 그런데 참나무님은 폭풍이 왔는데도 고개를 쳐들고 버티려고 했기 때문에 그렇게 부러진 거라구요. 위기를 이기는 것은 꼭 힘만은 아니랍니다."

유능한 뱃사공은 돛을 바람에 맞추어 놓는다. —플라우투스

드들강 유원지에서 | 2002 | 10F | 아크릴화

편지

– 헤세 Hermann Hesse

몰아치는 사나운 저녁 바람에
몸을 내어 젖고 있는 보리수
그 나무 사이로 달려 온 달이
내 방을 환하게 비춘다.

무정하게 떠나간 그 사람
그에게 긴 편지를 쓰던
종이장 위에 달 그림자 스미고.

내가 쓴 글자를 비추며
흐르는 달빛이여! 소리 없는 달빛이여!
내 마음 고요히 흐느껴 울다가
잊었어라, 달과 밤을 향한 기도와 잠마저도.

1877~1962. 남부 독일 시바벤의 카르프에서 태어나, 코스모폴리
탄적인 평화주의를 지향하고, 동양 종교에 대한 관심을 가졌다.
현대 신로맨티시즘 문학의 완성자로서 체험과 일상생활을 아름답
고 원숙한 필치로 조형시켰다. 또 자연을 배경으로 하는 평화를
동경하고, 내면생활의 변화를 깊이 표현하여 예술적 향기를 드높
였다.

괴테의 시와 낭만파의 시를 좋아하면서, 서정시를 썼다. 몽상과
향수감 짙은 작품이 많은데. 이 시 역시 헤세의 고독한 분위기를
느끼게 해준다.

어린 아이에게 배운 수도자

젊은 수도자가 깊은 산중으로 마음 다스리기 공부를 하러 들어갔다. 그는 공부가 끝나기 전에는 절대로 산속에서 나오지 않을 생각이었다. 그래서 일부러 아무도 찾을 수 없는 험한 산속으로 들어가 열심히 정진했다.

밤낮을 가리지 않고 읽고, 배워, 어느새 조금씩 깨달음을 얻게 되었다. 그러나 공부는 해도 해도 끝이 없었다.

그가 산에 들어온 지 어느덧 십 년이 지났으나 만족할 만한 성과를 거두지 못했다. 수도자는 더욱 공부에 매달렸다.

또다시 십 년이 지나고, 이십 년이 지나 이제는 머리가 희끗희끗한 늙은이가 되었다. 평생을 산 속에서 보낸 그는 이제 자신의 공부에 어느 정도 만족했다. 그는 이 정도면 세상에 내려가 사람들을 충분히 가르칠 수 있을 거라고 생각했다. 그래서 마침내 산에서 내려왔다.

　내려오다 보니 한 마을의 정자나무 아래에서 꾀죄죄한 차림을 한 사람이 과일을 팔고 있었다. 얼핏 봐도 몹시 가난하고 고생을 많이 한 사람 같았다.

　수도자는 배도 고프고 목이 말라 잠시 쉬려고 나무 그늘 아래로 들어갔다. 그러자 과일 장수가 그를 깍듯이 모시며 말했다.

　"선생님, 이쪽으로 앉으십시오. 노변이라서 모시기가 송구스럽습니다."

　주인은 팔던 과일 중에서 맛있는 것을 골라 그냥 대접했다. 수도자가 과일을 먹고 있을 때 과일 장수의 딸이 돌아왔다. 아이는 온몸이 흙투성이인데다 신발도 신지 않아 매우 지저분했다.

　그런데 아이가 실수로 그만 수도자의 옷자락을 밟고 말았다. 깨끗한 옷자락이 금세 흙발 자국으로 더럽혀졌다.

　'이런 고얀 녀석 봐라.'

　수도자는 울컥 화가 치밀었으나 과일도 대접받은 터이고, 또 평생 동안 수도를 끝내고 나온 체면에 화를 낼 수 없는 일이었다. 그래서 꾹 참고 발자국이 씩힌 자신의 옷자락을 옆에 있던 과도로 싹둑 잘라 버렸다.

　이를 본 주인은 미안해서 어쩔 줄을 몰라했다.

　그러나 철부지 아이는 아랑곳하지 않았다. 오히려 제

손으로 자기 옷을 잘라 버리는 수도자를 무척 재미있어 했다. 그래서 이번에는 수도자에게 와락 달려들어 목을 껴안았다.

이를 본 아이의 아버지가 깜짝 놀라 말리려 했으나 이미 일이 벌어지고 말았다. 수도자의 웃옷은 아이의 흙 묻은 손에 더럽혀졌고, 목과 얼굴에도 더러운 손자국이 찍혔다.

수도자는 당황스러웠다. 옷자락이 더럽혀졌다고 잘라 버린 터이니 이번엔 자신의 목을 잘라야 할 차례였다.

수도자는 어린 아이 앞에서 부끄러워져 비로소 깊은 한탄을 했다.

'그렇구나. 평생 동안 공들여 닦은 공부가 이 어린 아이의 천진한 마음을 못 당하겠구나. 역시 사람이 사는 지혜는 함께 어울려 살면서 그 속에서 얻어야 하는 것이고, 혼자 머릿속으로만 하는 공부는 죽은 공부라는 것을 이 아이가 가르쳐 주는구나.'

수도자는 자신의 수양이 아직도 많이 부족하다는 것을 깨닫고는 아이의 아버지에게 공손히 사과했다.

"제가 참으로 부끄러운 짓을 했습니다. 아이를 나무라지 마십시오. 저는 오늘 아이한테서 평생에 가장 값진 지혜를 깨달았습니다."

눈 깜짝할 사이에 인생을 장식하는 것들에게 마음을 빼앗기지 마라. 가진 자는 잃는 법을 배우고, 행운을 얻은 자는 고통을 배워라. ―실러

맥아더의 올 A학점

맥아더 장군은 육군 사관학교를 전부 A학점으로 졸업할 정도의 수재였다. 그는 성공률이 5천분의 1밖에 안 된다는 인천 상륙 작전을 시도하여 성공시킨 사람이었다.

그 맥아더가 육군사관학교 시절에 올 A학점을 받지 못할 뻔한 적이 있었다. 운동을 하다 다리를 다쳐 수학 시험을 치르지 못하게 되었기 때문이었다. 그래서 수학 교수는 그의 평소 실력을 인정해 B학점을 주었지만 맥아더는 재시험을 치르겠다고 했다.

"왜, B학점이 불만인가?"

"아닙니다. 시험도 안 봤는데 B학점을 주신 것은 감사합니다."

“그런데 왜 그러는가?”

“예, 저는 동정의 B학점보다는 실력으로 A학점을 받아내고 싶습니다.”

그래서 그는 결국 텅 빈 교실에 앉아 시험을 치러 기어코 A학점을 받았다.

로스차일드가 유럽에서 대성한 후 미국으로 진출하려
고 할 때, 한 부하를 불러서 물었다.
"미국에 지점을 낼 생각인데 준비 기간은 얼마나 걸리
겠는가?"
"한 10일 정도 걸릴 것 같습니다."
"좋아. 결정되면 다시 연락하겠네."
그리고 또 다른 부하를 불러서 물었다.

“3일이면 넉넉합니다.”

그런데 세 번째로 온 사람은 뜻밖의 대답을 했다.

“지금 곧 떠날 수 있습니다.”

“알았네. 자네는 오늘부터 샌프란시스코의 지점장일세.”

세 번째 사람은 줄리어스 메이였는데 그는 번쩍이는 결단력으로 샌프란시스코에서 최대 갑부가 되었다.

민첩은 행운의 어머니라서 어떤 일이든 미루지 않는 자가 많이 얻는다.
—그라시안

교육은 미리 하는 것

한 스승이 어린 제자에게 물을 길어 오라며 두레박을 주었다. 그리고 물을 길러 가기 전에 엄하게 주의를 주었다.

"한 방울이라도 흘려서는 안 된다. 만약 흘렸다간 종아리를 맞을 줄 알아라."

지나가던 사람들이 이를 보고 이구동성으로 말했다.

"여보시오, 저애가 아직 아무 잘못도 하지 않았는데 미리 그렇게 심하게 다짐할 필요가 있소?"

"맞네. 형편없는 스승이구먼."

스승은 구경꾼들의 비난을 다 듣고 나서 말했다.

"그럼, 당신들은 아이가 두레박을 깨뜨리고 물을 엎지르면 그 때 야단치고, 때리시렵니

까? 미리 타이르면 물을 엎지르는 일도, 때리는 일도 없
을 게 아닙니까?"

산 자는 죽은 자보다 우월하다. 산 자는 교육을 받은 자요,
죽은 자는 받지 못한 자다. —아리스토텔레스

머리로 하는 일과 손으로 하는 일

모짜르트는 자기에게 레슨을 받으러 오는 사람들 누구에게나 이런 질문을 던졌다.

"당신은 전에 음악을 배운 적이 있습니까?"

이 물음에 그 사람이 그렇다고 대답하면 수업료를 두 배로 올려 받았다. 그러나 처음이라고 하면 반으로 깎아 주었다. 사람들이 그 까닭을 물었다.

"당연한 일이 아닙니까? 음악을 배운 사람들의 경우, 그들에게 배어 있는 찌꺼기를 말끔하게 거두어 내야 합니다. 그것은 기초부터 가르치는 것보다 몇 배나 어렵습니다. 그 사람이 가진 생각 속의 옹이를 파괴해야 하니까요."

못은 한 번 비뚤어지게 잘못 들어가면 박을수록 비뚤
어지게 들어가게 마련이다. 배움도 못과 마찬가지다.

인간은 교육이 처음 방향을 정해주는 대로 간다. ─플라톤

가정부를 아내로 맞이한 디즈레일리

영국의 수상 디즈레일리가 독신으로 지내던 시절에 가정부를 한 사람 구해야 했다. 그래서 두 명의 여인을 추천받았다. 디즈레일리는 첫번째 여자에게 물었다.

"당신이 만약 스무 장의 접시를 포개 들고 이 방을 나가다가 문턱에 발이 걸렸다고 합시다. 그런 경우에 어떻게 할 겁니까?"

"그런 정도라면 염려없습니다. 그 순간 위에서 턱으로 접시를 단단히 누르고 얼른 무릎을 꿇으면 됩니다. 또 그것이 여의찮아서 넘어졌다 할지라도 몸을 굽혀 접시를 한 장도 안 깰 자신이 있습니다."

두 번째 여자는 똑같은 질문을 받고 얼굴을 붉히면서 대답했다.

"아직까지 그런 일을 겪어 보지 않아서 뭐라고 말씀드릴 수가 없습니다. 다만 발이 문턱 같은 데에 걸리지 않

도록 조심하겠습니다.”

디즈레일리는 두 번째 여자를 가정부로 채용했다. 유도선수처럼 낙법을 구사하겠다는 재주꾼보다는 조심하겠다는 쪽이 훨씬 더 믿음이 갔기 때문이었다.

디즈레일리는 나중에 그 가정부와 결혼하고, 이어서 영국 수상이 되었다.

그 부인이 하루는 남편이 국회에 연설을 하러 가는데 동행하게 되었다. 국회로 가는 마차 속에서 디즈레일리는 열심히 연설 원고를 읽고 있었다. 그러면서 시원한 바람을 쏘이고자 창문을 미는 바람에 부인의 손가락이 창문 틈새에 끼었다.

부인은 남편이 원고를 외우는데 방해하지 않으려고

국회에 도착할 때까지 한 마디의 신음 소리도 내지 않고 그대로 갔다.

마침내 국회의사당 앞에 마차가 멈추었을 때 부인의 손가락은 납짝하게 눌려 멍이 들어 있었다.

처칠과 더불어 영국에서 가장 훌륭한 정치가로 손꼽히는 디즈레일리의 성공에는 이러한 훌륭한 부인의 내조가 있었던 것이다.

남편은 두레박, 아내는 항아리. ─한국속담

담양 소쇄원 | 2002 | 10F | 아크릴화

황무지

- 엘리어트 Thomas Stearns Eliot

4월은 가장 잔인한 달, 불모의 땅에서

라일락을 꽃 피게 하고, 추억과

정욕을 뒤섞어, 봄비로

잠든 뿌리를 깨어나게 한다.

겨울이 차라리 따스했었나니

망각의 눈으로 대지를 덮고

빼마른 구근으로 작은 목숨을 이어줬거니.

여름은 난데없이 쉬타른 베르거 호수를 건너

묻어 오는 소나기로 덮쳐온지라, 우리는 희랑에서 머물렀다가

햇빛 속을 공원으로 가서

커피를 마시고 한 시간 동안 이야기 했소.

나는 러시아인이 아니라 리투아니아 출신의 순수한 독일인이오.

어렸을 때는 사촌인 대공大公 집에 있었소.

사촌이 날 썰매에 태웠기 때문에

아주 무서웠어요. 사촌이 말하기를 마리,

마리 꼭 붙들어. 그리고 함께 미끄러져 내렸지요.

산 속에 있으면 느긋해지지요.

밤에는 대개 책을 잃고, 겨울에는 남쪽에 가지요.

  - 시작부분

1888~1965. 20세기 전반의 영·미 시의 방향을 결정한 시인·극
작가 비평가이며, 주지시의 선구자다. 미국 센트루이스에서 태
어나 하버드, 소르본느, 옥스퍼드 등의 대학에서 철학을 공부하였
고 1928년 영국에 귀화했다.

이 시는 제1차 세계 대전 후의 유럽의 황폐를 유럽 사람의 정신적
인 황폐에서 그 원인을 찾아 재조명하는 강렬한 이미지로 구성되
어 있다.

큰 바위 얼굴을 닮은 어니스트

미국의 어느 마을 산에 사람 얼굴 모양을 한 큰 바위가 있었다. 그 모양은 웅장하면서도 다정해 보여서 마치 인자한 성자의 얼굴과 같았다. 그리고 오랜 옛날부터 이 마을에는 반드시 큰 바위 얼굴을 닮은 훌륭한 인물이 나타날 것이라는 전설이 전해져 왔다.

이 마을에는 어니스트라는 온순하고 겸손한 청년이 살고 있었다. 그 어니스트도 자기가 살아 있는 동안 큰 바위 얼굴을 닮은 위대한 인물을 꼭 만나 봤으면 하고 고대하고 있었다.

어느 날, 온 마을이 술렁거렸다. 어마어마한 재산을 모은 부자가 오는데, 그 사람이 바로 큰 바위 얼굴을 닮았다는 것이었다. 마을 사람들은 마음이 부풀어 몰려갔다. 어니스트 역시 함께 갔다.

그런데 정작 부자의 얼굴을 본 사람들은 모두 실망했

다. 부자의 얼굴은 욕심만 덕지덕지 붙었을 뿐, 큰 바위 얼굴과는 조금도 닮지 않았다.

그 후, 이 마을 출신의 위세 당당한 정치가나 장군 등, 많은 사람들이 닮았다고 했지만, 그들의 얼굴 어디에서도 큰 바위 얼굴의 인자하고 부드러운 모습은 찾아볼 수 없었다. 어니스트는 그래도 희망을 버리지 않고 그 사람이 나타나기를 기다렸다.

그러는 동안 어니스트는 열심히 공부하여 하나님의 말씀을 전하는 전도사가 되었다. 그는 매일매일을 성실하고 정직하게 살았다.

얼마 후, 또다시 큰 바위 얼굴을 닮은 사람이 나타났다는 소문이 나돌았다. 그러나 그 사람을 보러 간 사람들은 모두 깊은 탄식과 함께 고개를 가로저었다. 그렇게 허탕을 치고 돌아서다가 누군가가 어니스트를 가리키며 소리쳤다.

"보십시오! 이분이야말로 큰 바위 얼굴을 닮았습니다.

드디어 큰 바위 얼굴이 나타났습니다."
큰 바위 얼굴은 결코 먼 곳에 있지 않았다.

진실은 깊은 바다 속이다.
그리고 그것의 바닥을 찾아내는 사람은 많지 않다. ―파커

악몽에 시달리는 돈 많은 할아버지

젊어서 고생하며 악착같이 돈을 모은 한 부자가 매일 자신의 재산을 누군가에게 빼앗기는 악몽에 시달렸다.

그래서 그는 현명하다고 소문난 성자를 찾아가 불안한 심정을 호소했다. 성자가 한참 만에 입을 열었다.

"그 불안을 씻는 방법이 있소. 지금부터 여행을 떠나시오. 그리고 세상에서 가장 행복한 사람을 찾도록 하시오. 그런 다음 그 사람의 속옷을 얻어 입으면 그 불안이 사라질 것이오."

그는 성자의 말대로 여행을 떠났다. 그러나 아무리 찾아봐도 진정으로 자기가 행복하다고 믿고 있는 사람은 없었다. 때문에 그의 여행은 10년이

나 계속되었다.

그러던 어느 날, 그는 흥겹게 콧노래를 흥얼거리며 일하는 목동을 만났다. 그 모습이 너무도 행복하게 보여서 다가가 말을 걸었다.

"당신은 자신이 세상에서 가장 행복한 사람이라고 생각하시오?"

"그렇습니다."

"아, 그렇다면 잘 되었군요. 저에게 당신의 속옷을 좀 벗어 주시면 당신이 원하는 대로 다 해드리겠습니다."

"저는 아무 것도 원하는 것이 없습니다."

목동은 다시 덧붙였다.

"저는 겉옷만 입을 뿐 속옷을 안 입는답니다."

마음은 항상 비어 있지 않으면 안 되나니,
마음이 공허하면 정의와 진리가 거기에 들어와서 살 것이요,
마음은 항상 꽉 차 있지 않으면 안 되나니,
마음이 충실하면 물욕이 거기에 들어오지 못할지니라. ―채근담

아인슈타인과 상대성 이론

아인슈타인이 채플린을 칭찬했다.

"당신의 예술은 국제적이어서 세계 어느 나라 사람도 당신을 모르는 사람이 없습니다."

채플린도 한 마디 했다.

"고맙습니다. 하지만 당신의 명성이야말로 참으로 굉장해서 전세계가 당신을 존경합니다. 그러나 대부분의 사람들이 당신의 학설은 모르고 있더군요."

"……."

어떤 부인이 아인슈타인에게 상대성 원리가 무엇이냐고 물었다. 아인슈타인이 예를 들어 설명했다.

"장님과 함께 산책을 하는데, 내가 우유를 마시고 싶다고 했더니 그가 우유가 뭐냐고 묻더군요. 그래서 흰 액체라고 했더니 액체란 말은 알겠는데 '희다'는 게 무

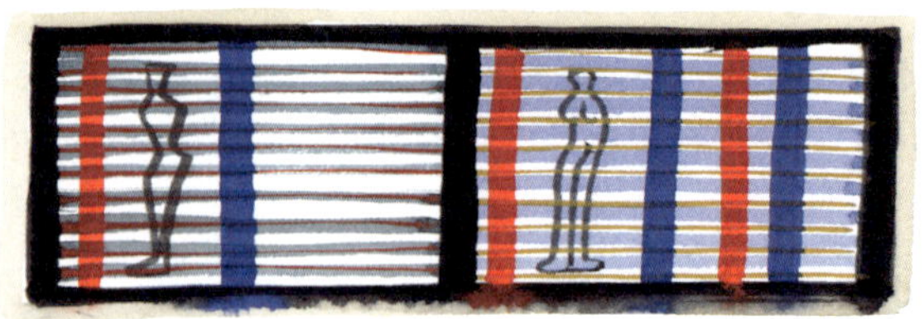

언지 모르겠다고 하더라구요. 그래서 백조의 깃털 색이라고 대답했더니, 다시 백조가 뭐냐고 묻는 것입니다. 그래서 목이 굽은 새라고 대답했더니, 목은 알겠는데 굽었다는 것이 뭐냐는 것입니다. 그래서 팔꿈치를 구부려서 바로 이런 것이라고 했더니,

'아아, 알았다. 우유는 팔꿈치 같은 것이구나.' 하더군요."

그는 사물을 잘못 인식하면 엉뚱한 답이 나온다는 걸 가르쳐 주었다.

후에 아인슈타인은 상대성 이론을 이렇게 설명했다.

"미인과 함께 있을 때는 한 시간이 1분으로 생각되고, 뜨거운 스토브 위에 앉아 있게 되면 1분이 한 시간으로 생각되는 것과 같다."

금고에 갇힌 점원

보석 가게의 주인이 커다란 비밀 금고를 하나 가지고 있었다. 그는 비밀 금고를 하루에도 몇 번씩 들여다보며 애지중지했다.

그러자 가게에서 일하는 점원이 금고 안에 무엇이 들어 있는지 매우 궁금해졌다.

'저 금고 안엔 분명 값비싼 보물이 들어 있을 거야. 그걸 훔쳐 팔면 아마 큰 부자가 되겠지.'

그 점원이 아무도 없는 틈을 타 칼을 들이대며 주인을 협박했다.

"비밀 금고의 열쇠를 당장 내놓으시오. 그렇잖으면 가만 두지 않을 거요."

그러자 주인이 벌벌 떨면서 가슴 속에서 열쇠를 꺼내 주었다. 점원은 열쇠를 빼앗은 후, 주인이 움직이지 못하게 꽁꽁 묶어 놓고 대형 비밀 금고 안으로 들어갔다.

그런데 금고 안으로 들어간 점원은
허탈에 빠졌다. 금고 안에는 아무
것도 없이 텅 비어 있었던 것이다.
점원은 금고 바닥에 털썩 주저앉아
멍하니 금고 안을 둘러보았다. 바로
그 순간 대형 금고의 문이 자동으로

스르르 닫혔다. 점원이 문 쪽으로 달려갔으나 문은 이미
굳게 닫힌 뒤였다. 점원은 정신이 아찔하여 크게 소리를
질렀다.

"주인님, 잘못했습니다! 문 좀 열어 주세요!"

점원이 금고 문 틈에 귀를 기울이자 묶여 있던 주인이
말했다.

"이 멍청한 녀석아, 그 문은 이제 못 열어. 네놈이 그
금고의 열쇠를 갖고 있잖아!"

재산을 늘이려 헛되이 수고하지 말고,
욕망의 수준을 낮추는데 힘써라. ―아리스토텔레스

버터장수를 혼내주려다 혼난 빵장수

어느 마을에 빵장수가 있었다. 그는 가까운 농장의 버터장수에게서 버터를 사다가 여러 가지 모양의 빵을 만들어 팔았다.

그러던 어느 날, 빵장수는 버터의 양이 조금씩 줄어들고 있다는 사실을 알게 되었다. 빵장수는 화가 나서 그를 데리고 재판관에게 갔다.

"재판관님, 이 사람한테서 매일같이 빵을 사오는데 똑같이 돈을 주고 사온 버터의 양이 날마다 점점 줄어들고 있습니다."

재판관이 버터장수에게 물었다.

"당신은 어떤 저울을 사용합니까?"

"저는 저울을 쓰지 않습니다."

"그럼 어떻게 버터의 무게를 알지요?"

"그건 간단합니다. 1파운드짜리 빵의 무게와 똑같이

만드는 것입니다.”
　“그럼, 그 빵은 어디
서 사오지요?”
　버터장수는 그를 고
소한 빵장수를 가리키
며 말했다.
　“바로 저 사람 가게
에서 사옵니다.”

군자는 부정한 마음으로 떳떳하지 못한 재물을 차지하지 않으며
남을 험한 곳에 빠뜨려서 고욕을 주지도 아니한다. ─사기

배우와 목사

한 목사가 배우가 어떻게 관객들을 매혹시키는지 호기심을 가지고 지켜보고 있었다.

연기가 끝난 후에 목사는 무대 뒤로 가서 그 배우를 만났다.

"우리 목사들은 인간의 영원한 생명에 대해 열심히 외칩니다. 그렇지만 관심을 기울이지 않아요. 오히려 당신들의 연기에 더 호감을 갖는데 왜 그럴까요?"

진지하게 묻는 목사의 말에 배우가 눈을 반짝이며 대답했다.

"목사는 진리를 거짓말처럼 말하는데 우리들 배우는 거짓말을 꼭 진리처럼 말합니다. 그것이 아마 다를 겁니다."

그물 속에 바람을 잡아넣을 수는 없다. ─스퍼전

첫 눈 내린 무등산이 보이는 광주호 | 2002 | 10F | 아크릴화

눈

\- 구르몽 Remy de Gourmont

시몬, 눈은 그대 목처럼 희다.
시몬, 눈은 그대 무릎처럼 희다.

시몬, 그대 손은 눈처럼 차갑다.
시몬, 그대 마음은 눈처럼 차갑다.

눈은 불꽃의 입맞춤을 받아 녹는다.
그대 마음은 이별의 입맞춤에 녹는다.

눈은 소나무 가지 위에 쌓여서 슬프다.
그대 이마는 밤색 머리칼 아래 슬프다.

시몬, 그대 동생인 눈은 안뜰에 잠잔다.
시몬, 그대는 나의 눈, 또한 내 사랑이다.

1859~1919. 상징주의 이론가이자 지지자였으나 불편 부당하고
탁월한 비평가로 넓은 시야를 지녔다. 평론·소설·시·극을 썼
다. 잡지 「메르퀴르 드 프랑스」의 편집에 종사하며 탁월한 비평으
로써 문단을 이끌었다.

1892년 나이 34세 때 「시몬」이라는 시집을 간행하였다. 이 시,
「눈」은 그중의 한 편. 여성에 대한 작자의 강한 정열을 느낄 수 있
는 작품이다.

이야기를 잘하는 사람

달변가로 유명한 미국의 루스벨트 대통령에게 어느 날 해군에 관해 이야기하고 싶다는 손님이 찾아왔다.

루스벨트는 윌슨 대통령 밑에서 해군 차관을 지낸 적이 있어서 해군에 대해 아는 것이 많았다.

손님이 방으로 들어오자 대통령은 곧바로 해군에 관한 이야기를 시작했다. 전문 지식이 있었기 때문에 이야기는 거침없이 이어졌고, 손님은 때때로 머리를 끄덕이며 맞장구를 쳤다.

이야기를 끝낸 손님은 만족한 얼굴로 돌아갔다. 손님이 돌아가자 대통령이 비서관에게 말했다.

"오늘 손님처럼 이야기를 잘하는 사람은 처음 보았

네!”

손님은 대통령의 말을 듣기만 했다. 그런데도 그를 두고 대통령은 '그는 이야기를 잘 들을 줄 아는 사람'이라 하지 않고 '이야기를 잘하는 사람'이라고 했다.

침묵은 대화의 가장 높은 기교이자 가장 훌륭한 웅변술이다. ―모어

정직이 진실한 기도의 기초

어떤 사람이 아버지의 명복을 빌기 위해 전통적인 쉬라드 의식을 행하고 있었다. 그것은 죽은 사람이 저승길을 편하게 갈 수 있도록 기원하는 의식이었다.

가족들이 한 자리에 모여 절차에 따라 경건하게 기도를 하고 있는데 갑자기 그 집에서 키우는 개가 방안으로 들어왔다. 집주인은 깜짝 놀라 개를 끌고 나가 베란다 기둥에 매어 놓았다.

세월이 지나 의식을 집전했던 사람이 죽자 이번에는 그의 아들이 아버지를 위하여 똑같은 의식을 준비하기 시작했다. 아들은 의식을 행하기에 앞서 옛날 아버지가 행했던 절차를 되새겨 보았다.

그 때 아버지는 기도를 하다 말고 개를 기둥에 묶어 놓고 기도를 했던 모습을 떠올렸다. 아들은 그런 아버지의 행동이 쉬라드 의식의 절차 중의 하나라고 믿었다.

그런데 그의 집에는 개를 키우지 않았다. 그는 밖에 나가 떠돌이 개 한 마리를 잡아다가 베란다 기둥에 매어 놓고 의식을 치렀다.

이후 그 집안의 쉬라드 의식에서는 개를 기둥에 매어 놓는 절차를 매우 신성한 전통으로 삼았다.

전통은 때로 이렇게 아무런 의미도 없이 만들어지기도 한다.

하루는 네 살박이 여자아이가 침대에 누워 기도하기 시작했다. 그런데 그것은 식사에 대한 감사 기도였다. 문득 실수를 깨달은 아이는 킥킥 웃으면서 말했다.

"아이, 참! 이 기도는 취소예요, 하나님."

아이는 다시 잠자리에 드는 기도를 드리기 시작했다.

우리가 살아가는 모습은 위에서 아버지의 명복을 빌기 위해 쉬라드 의식을 행하는 행위와 같다. 그러나 어린 아이처럼 진실하고 정직해야 자기 자신에게 충실한 사람이다.